"全悦读"丛书

注音释义　名师点拨　精批详注

宋词精选读本

李乡状　主编　"全悦读"丛书编委会　编

品读最美妙的宋词
遇见最优雅的自己

— 林非倾情作序推荐 —

陕西师范大学出版总社

图书代号　WX17N0698

图书在版编目(CIP)数据

宋词精选读本 /"全悦读"丛书编委会编. —西安:陕西师范大学出版总社有限公司, 2018.1 (2023.12 重印)
("全悦读"丛书 / 李乡状主编)
ISBN 978-7-5613-9067-2

Ⅰ. ①宋… Ⅱ. ①全… Ⅲ. ①宋词—选集 Ⅳ. ①I222.844

中国国家版本馆 CIP 数据核字(2023)第 226149 号

宋词精选读本
SONGCI JINGXUAN DUBEN
"全悦读"丛书编委会　编

责任编辑 /	李　岩
责任校对 /	王宁宁
排版制作 /	北京紫英轩文化传播有限公司
出版发行 /	陕西师范大学出版总社
	(西安市长安南路199号　邮编710062)
网　　址 /	http://www.snupg.com
印　　刷 /	陕西思维印务有限公司
开　　本 /	720 mm×1020 mm　1/16
印　　张 /	13
字　　数 /	240千
版　　次 /	2018年1月第1版
印　　次 /	2023年12月第3次印刷
书　　号 /	ISBN 978-7-5613-9067-2
定　　价 /	42.80元

名人推荐

林非

林非,著名学者、散文家,中国社会科学院研究生院教授、博士、研究生导师,历任中国散文学会会长、中国鲁迅研究会会长。

著有《鲁迅前期思想发展史略》《现代六十九家散文札记》《中国现代散文史稿》《文学研究入门》《鲁迅和中国文化》《离别》等;迄今共出版30余部著作;主编《中国散文大词典》《中国当代散文大系》等。

名师编写团队

郑晓龙	首都师大附中语文特级教师
蔡　可	北京大学文学博士，首都师范大学教育学院副教授
李春颖	首都师范大学语文教学教研室主任
徐　震	中央戏剧学院文学博士，首都师范大学文学院副教授
杨　霞	中国人民大学文学博士，首都师范大学新闻传播学系图书出版方向负责人
张四海	北京大学文学博士，首都师范大学文学院讲师
陈　虹	上海中学教学处主任，语文特级教师
李乡状	吉林摄影出版社副编审
李文铮	洛阳市第二外国语学校语文特级教师
赵景瑞	北京东城区教育研究中心副主任，特级教师

序言 Preface

读到生命的最后一天（代序）

　　天下的书籍确实是谁也无法读完的，我准备充分利用自己的余生，再读一些能够启迪思想和陶冶情操的书。

　　这几年出版的书实在太多了，用迅速浏览的速度都看不过来，某些书籍受到了人们的冷落，某些书籍赢得了人们的喝彩，似乎都显得有些偶然。不过在这种偶然性的背后，最终都表现出了时代思潮的复杂趋向，而并不完全由这些书籍本身的质量和写作技巧所决定。

　　近几年来，我围绕启蒙主义和现代观念的问题写了一些论文，目的是想引起共鸣或争论，以后还愿意在思想和文化这方面继续做些研究，因此想围绕这样的研究和写作任务，读一些过去没有很好注意的书，以便增加新的知识，更好地开阔视野，从纵横这两个方面，认认真真地去思考一些问题。譬如像黄宗羲的《明夷待访录》，我曾读过多遍，向来都是惊讶和叹服于他的平等观念与民主思想。为什么300多年前的明清之际，在古老的专制王朝统治的躯壳中间，会萌生出如此符合于现代生活秩序的思想见解来呢？这是一个孤立和偶然的思想高峰，还是从当时资本主义萌芽和不断滋长的土壤中间，必然会产生出来的呢？

　　如果想一想徐渭、李贽、袁宏道、汤显祖和徐光启这些杰出的名字，又应该得到什么样的结论呢？而他们与莎士比亚、塞万提斯和伽利略，又几乎是在同一个时代出现的，这里究竟有多少属于历史与未来的必然性呢？我想再好好地研究一番，力图做出比较满意的回答来。

　　如果生活在今天的人们，都能够达到300多年前黄宗羲那样伟大思想家的境界，中国这一片辽阔的土地上，将会出现多少光辉灿烂的奇迹啊！可是为什么经过了300多年的漫长岁月，在今天生活里的绝大多数人，还远远没有达到他那样的思想境界呢？这难道不让人感到十分地丧气吗？

郁达夫说过："没有伟大的人物出现的民族，是世界上最可怜的生物之群；有了伟大的人物，而不知拥护、爱戴、崇仰的国家，是没有希望的奴隶之邦。"（《怀鲁迅》）这是说得很沉痛和感人的。

思考民族的前程、人类的未来，这很像听贝多芬的《第九交响曲》那样，常常会使自己激动不已，然而这就得广泛和深入地读书，否则是无法使自己的思考向前迈步，变得十分丰满和明朗起来的。我读了丘吉尔、戴高乐、阿登纳和赫鲁晓夫这些外国政治家写的回忆录，读了德热拉斯的《与斯大林的谈话》和《新阶级》，对于自己认识整个的当今世界，是起了很大作用的，我还想继续读一些这方面的书籍。

陶冶情操的音乐和美术论著，我已经读了不少，自然也得继续看下去。

我想读的书是无穷无尽的，只要还活着，我就会高高兴兴地读下去，自然在翻阅有些悲悼人类不幸命运的著作时，也会变得异常忧伤和痛苦，不过这是毫不可怕的，克服忧伤和痛苦的过程，不就是人生最大的欢乐吗？要想在社会中坚强地奋斗下去，就应该有这种心理上的充分准备。我会这样读下去的，读到生命的最后一天。

2016年12月21日

（有删节）

名师导航

作品速览

词,是我国古代诗歌的一种,起源于隋唐,经过数百年的发展,在宋代达到了巅峰,所以又称宋词。宋词是中国古代文学皇冠上的一颗明珠,一首华丽的宋词宛如一杯芳香四溢的清茶,散发着无尽的幽香,让人回味无穷,与唐诗并称"双绝"。

《宋词精选读本》精选了宋代时期的典范词作,内容广泛。每首词下均按"原文""注释""译文""点评"四大板块编排。读者仔细阅读本书之后,对每首词的艺术特色、基本内容、精彩语句等都会有一个整体的了解和认识。

CONTENTS 目录

北宋卷

点绛唇 感兴
（王禹偁）/ 1

木兰花（钱惟演）/ 3

酒泉子 忆余杭
（潘阆）/ 4

苏幕遮（范仲淹）/ 5

雨霖铃（柳永）/ 7

蝶恋花（柳永）/ 8

少年游（柳永）/ 10

一丛花（张先）/ 11

木兰花 和孙公素别安陆
（张先）/ 13

浣溪沙（晏殊）/ 14

破阵子 春景
（晏殊）/ 15

木兰花（晏殊）/ 16

木兰花（宋祁）/ 17

贺圣朝 留别
（叶清臣）/ 19

采桑子（欧阳修）/ 20

踏莎行（欧阳修）/ 21

生查子（欧阳修）/ 23

浪淘沙（欧阳修）/ 24

桂枝香（王安石）/ 25

浪淘沙令（王安石）/ 27

玉楼春（晏几道）/ 28

阮郎归（晏几道）/ 30

生查子（晏几道）/ 31

南乡子（晏几道）/ 32

卖花声（张舜民）/ 33

卜算子 送鲍浩然之浙东
（王观）/ 34

江城子 乙卯正月二十日夜记梦
（苏轼）/ 36

江城子 密州出猎
（苏轼）/ 37

水调歌头（苏轼）/ 39

念奴娇 赤壁怀古
（苏轼）/ 41

临江仙 夜归临皋
（苏轼）/ 43

卜算子（李之仪）/ 45

1

目录 CONTENTS

虞美人（舒　亶）/46

水调歌头　徐州中秋
　　（苏　辙）/47

减字木兰花　竞渡
　　（黄　裳）/50

念奴娇（黄庭坚）/51

清平乐　晚春
　　（黄庭坚）/53

定风波　次高左藏使君韵
　　（黄庭坚）/54

诉衷情（黄庭坚）/56

青门饮　寄宠人
　　（时　彦）/57

千秋岁　次韵少游见赠
　　（孔平仲）/59

渔家傲（朱　服）/60

望海潮（秦　观）/62

满庭芳（秦　观）/64

鹊桥仙　七夕
　　（秦　观）/66

浣溪沙（秦　观）/67

如梦令（秦　观）/68

虞美人（秦　观）/69

鹧鸪天（贺　铸）/70

捣练子（贺　铸）/72

捣练子（贺　铸）/73

生查子（贺　铸）/74

青玉案（贺　铸）/75

六州歌头（贺　铸）/76

石州慢（贺　铸）/79

踏莎行（贺　铸）/80

洞仙歌　泗州中秋作
　　（晁补之）/82

菩萨蛮（赵令畤）/83

柳梢青　吴中
　　（仲　殊）/85

瑞龙吟（周邦彦）/86

苏幕遮（周邦彦）/89

少年游（周邦彦）/90

西　河　金陵怀古
　　（周邦彦）/91

蝶恋花（周邦彦）/93

关河令（周邦彦）/94

拜星月慢（周邦彦）/96

虞美人（李　廌）/98

贺新郎（叶梦得）/99

CONTENTS 目录

水调歌头（叶梦得）／101

八声甘州　寿阳楼八公山作

　　（叶梦得）／103

虞美人　雨后同干誉、才卿

　　置酒来禽花下作

　　（叶梦得）／105

水龙吟（朱敦儒）／106

临江仙（朱敦儒）／108

鹧鸪天（朱敦儒）／110

减字木兰花（朱敦儒）／111

鹧鸪天（窃杯女子）／112

眼儿媚（赵　桓）／114

燕山亭　北行见杏花

　　（赵　佶）／115

南宋卷

喜迁莺　晋师胜淝上

　　（李　纲）／119

喜迁莺　真宗幸澶渊

　　（李　纲）／122

苏武令（李　纲）／123

渔家傲（李清照）／125

如梦令（李清照）／127

如梦令（李清照）／128

凤凰台上忆吹箫

　　（李清照）／128

一剪梅（李清照）／130

醉花阴（李清照）／131

念奴娇（李清照）／133

武陵春　春　晚

　　（李清照）／134

声声慢（李清照）／135

鹧鸪天（李清照）／137

菩萨蛮（李清照）／139

怨王孙（李清照）／140

蝶恋花（李清照）／141

蝶恋花　上巳召亲族

　　（李清照）／143

浣溪沙（李清照）／144

孤雁儿（李清照）／145

清平乐（李清照）／147

点绛唇（李清照）／148

目录 CONTENTS

满江红（岳　飞）/ 149

小重山（岳　飞）/ 152

钗头凤（陆　游）/ 153

诉衷情（陆　游）/ 155

卜算子　咏梅

　　（陆　游）/ 156

念奴娇　过洞庭

　　（张孝祥）/ 157

摸鱼儿（辛弃疾）/ 160

永遇乐　京口北固亭怀古

　　（辛弃疾）/ 162

南乡子　登京口北固亭有怀

　　（辛弃疾）/ 164

青玉案　元夕

　　（辛弃疾）/ 165

破阵子　为陈同甫赋壮词以寄

　　（辛弃疾）/ 167

西江月　夜行黄沙道中

　　（辛弃疾）/ 169

丑奴儿　书博山道中壁

　　（辛弃疾）/ 170

水龙吟　登建康赏心亭

　　（辛弃疾）/ 171

清平乐　村居

　　（辛弃疾）/ 173

扬州慢（姜　夔）/ 174

暗　香（姜　夔）/ 176

疏　影（姜　夔）/ 177

高阳台　丰乐楼分韵得"如"字

　　（吴文英）/ 179

贺新郎　陪履斋先生沧浪看梅

　　（吴文英）/ 181

柳梢青　春感

　　（刘辰翁）/ 183

摸鱼儿　雁丘词

　　（元好问）/ 185

贺新郎　送胡邦衡待制赴新州

　　（张元幹）/ 187

满江红（王清惠）/ 189

一剪梅　舟过吴江

　　（蒋　捷）/ 191

虞美人　听雨

　　（蒋　捷）/ 193

北宋卷

名师导读

宋词与唐诗、元曲并称,都是中国古代文化宝库中熠熠生辉的明珠。追溯词发展的本源,可知最初的词产生于唐代,但是在那时,词尚且被视为"小道",然而发展到宋代,它已经可以与诗相提并论。宋词按时代划分,可分为北宋词和南宋词,下面就让我们领略一下北宋词的魅力吧。

点绛唇

感 兴

王禹偁

雨恨云愁,江南依旧称佳丽①。水村渔市,一缕孤烟细②。天际征鸿③,遥认行如缀④。平生事⑤,此时凝睇⑥,谁会凭栏意!

【作者简介】

王禹偁(954—1001),字元之,北宋济州钜野(今山东巨野)人。他性情刚直,敢直言,以立身行道为己任。曾三次被贬,晚年贬为黄州知府,世称"王黄州"。宋初文风浮靡,他提倡平易朴素。

名师指津

起首一句"雨恨云愁",借景抒情。云、雨并无喜怒哀乐,但在心怀惆怅的词人眼中,便有了无尽的恨与愁。"依旧"二字写出了词人的无奈之情。

其词文清丽可爱,颇受后人推崇。著有《小畜集》。苏轼称赞王禹偁"以雄文直道独立当世""耿然如秋霜夏日,不可狎玩"。

【注释】

①佳丽:风景秀丽的地方。

②孤烟:指渔村中炊烟稀少。

③征鸿:远飞的大雁。

④行如缀:排成行的大雁,一只接一只,如同连缀在一起。

⑤平生事:一生所追求的功名事业。

⑥凝睇(dì):凝神注视。睇,斜视。

【译文】

那江南的雨,绵绵不尽,分明是恨意难消;那灰色的云块,层层堆积,分明是郁积的愁闷。江南的景色,就算是弥漫在充满恨和愁的云雨之中,依旧是美丽的。湖边水畔分布着村落和渔市,一缕淡淡的炊烟,从村落、渔市的上空袅袅升起。

遥远的天边,一行大雁,首尾相连,款款而飞。凝神注视着冲天远去的大雁,想到自己一生的功名事业,不能像远飞的大雁一样展翅高翔。此时此刻,又有谁能理解我倚栏而立的苦闷心情呢?

名师释疑

袅(niǎo)袅:形容烟气缭绕上升。

心旷神怡:心境开阔,精神愉快。旷,开阔;怡,愉快。

【点评】

《点绛唇》是词人唯一的传世之作。这首词语言清新自然,不事雕饰,令人心旷神怡。北宋初年,词坛流行"秉笔多艳冶",柔靡无力。

木 兰 花

钱惟演

城上风光莺语乱，城下烟波春拍岸。绿杨芳草几时休？泪眼愁肠先已断。

情怀渐觉成衰晚，鸾镜①朱颜惊暗换。昔年多病厌芳尊②，今日芳尊惟恐浅。

【作者简介】

钱惟演（977—1034），字希圣。北宋钱塘（今浙江杭州）人，吴越王钱俶之子。文辞清丽，"西昆体"词派的骨干，与杨亿、刘筠齐名。著有《金坡遗事》《玉堂逢辰录》等。

【注释】

①鸾镜：妆镜的美称。传说汉时西域罽（jì）宾王得到一只鸾鸟，三年不鸣，国王听说鸾鸟见到同类才会鸣叫，就在它面前悬了一面镜子，鸾鸟见影仰天悲鸣而死。后世遂将镜子称为鸾镜。

②芳尊：盛着美酒的酒杯。尊，同"樽"。

【译文】

站在城上眺望，一派大好风光，树上黄莺鸟跳上跳下啼叫不已，热闹非凡。俯视城下，湖面烟波浩渺，春水荡漾轻轻地拍打着堤岸。绿杨依依，芳草萋萋，如此美景难留，什么时候才是个尽头？此情此景，令我泪水盈眶，愁绪满怀，早就肝肠寸断了。

近来，渐渐觉得自己的情怀像个衰朽迟暮的老人，我震惊于

名师指津

起首两句，从城上和城下两处着墨，声形兼备、富于动感地描绘春景，使读者隐然感觉到主人公的伤春愁绪，从而为下文的遣怀抒情做好了铺垫。

名师指津

此词以极其凄婉的笔触，体现了宋初词风纤丽的艺术特色。

◁ 名师释疑 ▷

鸾（luán）：传说中凤凰一类的神鸟。

鸾镜中自己的容颜，在不知不觉中已由舒展红润改换成憔悴苍老。往年由于体弱多病，我不愿意与人推杯换盏畅饮美酒，而如今借酒浇愁，常常担心酒杯斟得不够满，不能麻醉自己而消忧。

> 名师释疑
>
> 推杯换盏：互相敬酒，气氛融洽。
>
> 弄潮儿：这里指钱塘江上执旗游水、与潮水相搏的少年。

【点评】

　　这首词是词人的暮年遣怀之作，表达了垂暮之感和政治失意的感伤。"芳草""泪眼""鸾镜""朱颜"等意象，充满了绝望的感伤。

酒 泉 子

忆 余 杭

潘 阆

　　长忆观潮，满郭①人争江上望，来疑沧海②尽成空，万面鼓声中。

　　弄潮儿向涛头立，手把红旗旗不湿。别来几向梦中看，梦觉尚心寒。

> 名师指津
>
> 使用夸张的修辞手法，突出了作者内心的豪情壮志。

【作者简介】

　　潘阆（？—1009），字逍遥，北宋大名（今河北大名）人。著有《逍遥词》一卷。

【注释】

　　①满郭：满城。

　　②沧海：指大海。

【译文】

常常想起以前钱塘江观潮的时候,满城的人都争抢着去看江面上的景色。当潮水奔涌而来时,我怀疑大海的水都成空了,潮水声呼啸而来,就像有几万面巨鼓齐声敲打,声势震人。

弄潮儿面向潮水的峰头站立与潮水相搏斗,手上举着的红旗,旗面丝毫没有被潮水打湿。离别后,我几回在梦中看到观潮的情景,梦醒时依然感觉心惊胆战。

【点评】

这首词描写了钱塘江大潮的壮丽场景,笔触强劲有力。上阕借观潮的盛大场面,表现大自然的雄伟壮丽;下阕以潮头嬉戏的情景,表现少年的英勇,抒发人定胜天的豪迈气势。

此词匠心独运,别具神韵。"来疑沧海尽成空"一句,有很强的感染力。词句手法夸张,浓墨重彩,大开大阖。

苏幕遮

范仲淹

碧云天,黄叶地。秋色连波,波上寒烟翠。山映斜阳天接水。芳草无情,更在斜阳外。

黯①乡魂,追旅思②。夜夜除非,好梦留人睡。明月楼高休独倚。酒入愁肠,化作相思泪。

【作者简介】

范仲淹(989—1052),字希文,吴县(今江苏苏州)人。真

名师释疑

人定胜天:指人为的力量能够克服自然阻碍,改造环境。人定指人的谋略或力量。

大开大阖(hé):形容文思跌宕,放得开,收得拢。

苏幕遮:词牌名。原为唐代教坊曲,从西域传入。宋代词人谱成新曲。

名师指津

近景描写,点明了季节是秋天,一高一低,一仰一俯,展现了秋天特有的苍茫与高远。

宗时进士，仁宗时与韩琦共同抵抗西夏。曾任参知政事，其间主张政治改革。以边塞词为主，开宋代豪放词派的先河。有《范文正公全集》。

【注释】

①黯：形容心情忧郁。

②旅思：指旅行中的愁思。

【译文】

白云在蓝天上飘浮，黄叶布满大地。萧萧秋色映入江中的碧波，波上笼罩着苍翠凄寒的烟幕。夕阳下，远山倒映在江水之中，恰似天水相连。可是，茵茵的芳草却是那样的无情，竟然蔓延于那夕阳也照不到的远山那边。

浓重的乡思使美景为之黯然失色，往事的追忆引起了羁旅的愁怀。每天晚上只有回乡的好梦才能使自己睡得安稳。明月高照的时候，不要独自依倚；因为那很容易使人借酒消愁，可酒入愁肠后都化作相思的眼泪，只能使人更加难受。

【点评】

作者借秋景的动人，反衬旅客的深愁。"碧云""黄叶""翠烟"，色泽鲜明，渲染了夕阳下的秋景。"乡魂""旅思""愁肠""相思泪"，描写了旅客触景生情、夜不能寐的离别愁苦。

名师指津
直接托出心头挥之不去、纠缠不休的怀乡之情和羁旅之思。

名师释疑
夜不能寐(mèi)：形容因心中有事，晚上怎么也睡不着觉。

雨霖铃

柳　永

寒蝉凄切，对长亭①晚，骤雨初歇。都门帐饮无绪②，留恋处、兰舟③催发。执手相看泪眼，竟无语凝噎④。念去去、千里烟波，暮霭沉沉⑤楚天阔。

多情自古伤离别，更那堪、冷落清秋节！今宵酒醒何处？杨柳岸、晓风残月。此去经年，应是良辰好景虚设。便纵有千种风情，更与何人说？

> **名师指津**
> 起首三句写别时之景，点明了地点和节序。
>
> **名师释疑**
> 都门帐饮：在京师城门外搭帐幕设宴送行。
>
> 楚天：这里用来泛指南方的天空。

【作者简介】

柳永（987？—1053？），原名三变，后改名为永，字耆卿，福建崇安人。景祐元年（1034）进士，最后官职是屯田员外郎，世称"柳屯田"。有《乐章集》，收录两百多首。其中慢词居多，多应教坊乐工之请而作。

【注释】

①长亭：旅途中的驿站。

②无绪：没有兴致。

③兰舟：泛指质地精良的船只。

④凝噎：喉中气塞，说不出话来。

⑤暮霭沉沉：云气浓厚，天色阴沉。

【译文】

秋天的蝉凄切地叫着，傍晚时分，阵雨刚停，我们来到长亭告别。在京师城门外的帐幕里，心上人为我设宴送行。我们都没有心情饮酒。多么令人留恋呀！可是船工在不断地催促着我尽快上船。我们紧紧拉着对方的手，泪眼相视，千言万语却都哽咽着说不出来。想想此去千里，烟波弥漫，南国楚天，暮霭沉沉，令人难过。

自古以来，多情的人就为离别而伤怀。更不要说在萧瑟的清秋时节。今夜酒醒后，船会行到哪里呢？或许停在晨风习习、残月斜挂的杨柳岸边。这一去会很久，满怀相思的苦闷，哪会有心情欣赏一路上的良辰美景？分别后独在异乡，即使怀着无数风流情意，又去向何人诉说？

【点评】

柳永仕途失意，一生漂泊不定。他曾以词形容："念荡子，终日驱驰，争觉乡关转迢递。"

这首词，首尾呼应，后四句总结全词。上片描写临别情景，突出"别"字。用苍茫暮色和凄切蝉声渲染气氛，暗示词人的心情。而饮酒饯别和执手相看，将"别"形象化。下片描写"秋江伤离"的场景。"今宵酒醒何处？杨柳岸、晓风残月"一句，寓情于景，情景交融，被历代传诵。

蝶恋花

柳 永

伫倚危楼①风细细，望极春愁，黯黯生天际。草色烟光残照里，无言谁会凭阑意？

名师指津

"风细细"带写一笔景物，为这幅剪影添加了一点背景，使画面立刻活跃起来了。"望极春愁，黯黯生天际"，极目天涯，一种黯然魂销的"春愁"油然而生。对这"愁"的具体内容，词人只说"生天际"，可见是天际的什么景物触动了他的愁怀。

拟把②疏狂③图一醉，对酒当歌④，强乐还无味。衣带渐宽⑤终不悔，为伊消得⑥人憔悴。

名师指津

"为伊消得人憔悴"一语破的：词人的所谓"春愁"，不外是"相思"二字，是一种坚贞不渝的感情。

【注释】

①危楼：高楼。

②拟把：打算。

③疏狂：粗疏狂放，放纵自己。

④对酒当歌：曹操《短歌行》："对酒当歌，人生几何？譬如朝露，去日苦多。"抒发人生短暂、乐少悲多的感叹。此处用以说明"疏狂"的情状。

⑤衣带渐宽：指人逐渐消瘦。

⑥消得：值得。

【译文】

我久久地倚靠在高楼的栏杆上，迎面吹来阵阵微风。极目远望，天边迷蒙一片，春愁也随之而生。夕阳斜照，无边的草色笼罩在烟光里，朦朦胧胧。谁能明白我独立高楼的心思呢？

原本打算痛饮一番，来发泄自己心中的满腹思愁。可是在美妙的歌声中举起酒杯时，才感到强作欢颜，是那么的索然无味。对你的思念使我日渐消瘦下去，但我毫不后悔。我心甘情愿为你而憔悴。

【点评】

这是一首怀人词。上片写登高望远，离愁油然而生。下片写主人公为消释离愁，决意痛饮狂歌，但强颜欢笑，终觉"无味"。最后以"衣带渐宽终不悔，为伊消得人憔悴"两句升华词境，表现了主人公坚毅的性格和执着的态度。这两句曾被王国维在《人间词话》里作为做大学问的三种境界之一，作者认为它形象地概括了一种锲而不舍的积极精神。

少年游

柳　永

参差烟树灞陵桥①，风物尽前朝。衰杨古柳，几经攀折，憔悴楚宫腰②。

夕阳闲淡秋光老，离思满蘅皋③。一曲阳关④，断肠声尽，独自凭兰桡⑤。

名师指津

开篇直接点明所咏对象，暮色苍茫中，杨柳如烟；眼前凄迷的灞桥暮景，更易牵动羁泊异乡人的情怀。

名师指津

"夕阳"句点明离别之时正值暮秋的傍晚。"离思"句，极写离思之多、之密，如长满杜蘅的郊野。然后以"阳关曲"和"断肠声"相呼应，烘托出清越苍凉的气氛。结句"独自凭兰桡"，以词人独自倚在画船船舷上的画面为全篇画上句号，透露出一种孤寂难耐的情怀。

【注释】

①灞陵桥：即灞桥，也称"销魂桥"在今陕西西安，离别之地。

②楚宫腰：春秋楚灵王好细腰，其宫女及臣民竞为细腰。这里比喻柳条的纤细。

③蘅皋：长满杜蘅的水边陆地。杜蘅，香草名。

④阳关：即《阳关曲》，又名《阳关三叠》，唐代流行的送别歌曲，根据王维《送元二使安西》绝句而成。

⑤兰桡：小舟的美称。桡，船桨。

【译文】

暮色苍茫，灞陵桥掩映在参差如烟的杨柳之中，这里的风景习俗依然与前朝相似。送别的人们都要折杨柳相送。几经攀折，杨柳已经衰老，憔悴纤细的杨柳枝条如同楚宫女子的细腰。

日近黄昏，夕阳残照，尽显清冷孤寂的秋光。离别的愁思本已如同杜蘅，遍布江岸。这时又传来送别友人的《阳关曲》，更使人肝肠寸断。曲尽后，我独自凭靠着船栏，久久不忍离去。

【点评】

这首词是作者漫游长安，准备离开时所作。上片写离开长安时所见，以送别折枝抒发离别之情，寓情于景。下片抒情，写置身舟中的感受。作者将抽象的情感具体化，"兰桡独倚"的画面，使结尾余意不尽。

综观全词，作者用典故渲染情怀，如灞陵柳色、阳关乐曲等。以秋光和夕阳之景，烘托离别愁苦。铺叙委婉，言近旨远，与李白《忆秦娥》有异曲同工之妙。

一丛花

张 先

伤高怀远几时穷①？无物似情浓。离愁正引千丝②乱，更东陌飞絮濛濛③。嘶骑④渐遥，征尘不断，何处认郎踪？

双鸳池沼水溶溶⑤，南北小桡通。梯横画阁黄昏后，又还是斜月帘栊⑥。沉恨细思，不如桃杏，犹解嫁东风。

【作者简介】

张先（990—1078），字子野，乌程（今浙江湖州）人。进士及第早柳永四年，但创作时间大致相同。张先本以诗为专长，苏轼称："子野诗笔老，歌词妙乃其余事。"这与柳永专攻慢词又

名师指津
词的起首句是作者经历了长久的离别、体验过多次伤高怀远之苦以后，盘郁萦绕胸中的感情的倾泻。起得突兀有力，感慨深沉。

名师指津
此二句写伤离的女主人公对随风飘拂的柳丝飞絮的特殊感受。"离愁"，承上"伤高怀远"。

有所不同。晚年往来于杭州、吴兴一带，与苏轼等人有交往。著有《张子野词》

【注释】

①穷：穷尽，即了结。

②千丝：指游丝，即蜘蛛和小虫所吐的丝。

③濛濛：微雨，这里形容杨花乱飞。

④骑（jì）：指马。

⑤溶溶：形容水的流动。

⑥栊：窗棂。

【译文】

登高怀远，触目伤神。这样的别恨何时能够了结呢？离愁别恨就像游丝乱转，杨柳花絮纷飞。爱人骑马踏上旅途，尘土飞扬，越行越远，到哪里去找他的踪迹呢？

池塘里<u>波光粼粼</u>，一对鸳鸯嬉戏其中，悠悠的小船来往于池中南北两岸。当年我们也曾在此荡舟戏水，真是令人难忘。不知不觉已是黄昏，横梯的画楼中依然是我一人。渐渐地，斜月的光辉照上了帘子和窗棂。怀着幽恨细细思量，我还不如那桃花杏花，懂得珍惜时节，嫁给东风，随他而去。

名师释疑

波光粼（lín）粼：形容波光明净。波光，阳光或月光照在水波上反射过来的光。粼粼，形容水石明净

【点评】

这首词是闺怨离愁之作。作者运用比喻手法，设想新颖。用桃杏喻人，以无情比有情。《过庭录》说："子野郎中《一丛花》词云：'沉恨细思，不如桃杏，犹解嫁东风。'一时盛传。"在

章法上，采用倒叙。上片写别后愁思，下片是回忆。末三句借羡慕桃杏"犹解嫁东风"，叹息人不如物，内心离恨可见一斑。

木兰花

和孙公素别安陆

张　先

相离徒有相逢梦。门外马蹄尘已动。怨歌留待醉时听，远目不堪空际送。

今宵风月①知谁共。声咽琵琶槽上凤②。人生无物比多情，江水不深山不重。

【注释】

①风月：清风明月，泛指美好的景物。

②槽上凤：琵琶上端雕刻成凤头状的部分。

【译文】

分别之后再盼望重逢，这只能在梦中得以实现，徒劳而已。门外行人骑上骏马就要远行，马蹄踏起的尘埃遮住了去路。离别的怨歌要留着，待到醉酒之时再听，送行的目光承受不住送到遥远天边的悲痛之情。

今晚刚刚离别，不知道她将与谁一起度过良辰美景。也许只有用精美的琵琶弹奏一曲忧伤的调子，才能消磨时光，宣泄愁怀。人生在世，一个真正多情人是最珍贵的，没有什么东西可以相比。在这个多情人面前，江水不足以称为深邃，山峰也不足以称为厚重。

◀名师释疑▶

可见一斑：比喻见到事物的一少部分也能推知事物的整体。斑，杂色的花纹或斑点。

名师指津

首句写离别，却用别后盼相逢已是徒劳魂梦，点明再"相逢"的意愿及难再逢的事实，写出不忍心望行人远去的心情。

【点评】

　　这首词是作者在安陆告别友人孙公素所作的和篇。虽然都是写离愁，但此词避俗就生，一反前人咏愁言情以山水类比的俗套，采用否定式结构，一处用"无"，三处用"不"，谋篇布局可谓独具匠心。

> 名师释疑
> 避俗就生：指舍弃旧俗而追求新潮。

浣溪沙

晏 殊

　　一曲新词酒一杯，去年天气旧亭台①。夕阳西下几时回。

　　无可奈何花落去，似曾相识燕归来。小园香径②独徘徊。

> 名师指津
> 词人面对现时现景，开始是怀着轻松喜悦的心情，带着潇洒安闲的意态，主人十分醉心于宴饮涵咏之乐。

【作者简介】

　　晏殊（991—1055），字同叔，抚州临川（今江西抚州）人。七岁能写文章，十多岁以神童召试，赐同进士出身。仁宗时官至宰相。范仲淹、韩琦、欧阳修等是他的门生。他早入仕途，生活富贵，主要为应歌而作。词作注意音韵节奏，内容多是吟风弄月、离愁别恨，有时也反映较深含义。词集名《珠玉词》。

> 名师指津
> 此句为天然奇偶句，可谓工巧而浑成，流利而含蓄，声韵和谐，寓意深婉。用虚字构成工整的对仗，唱叹传神方面表现出词人的巧思深情，宛如天成，也是这首词出名的原因。

【注释】

　　①去年天气旧亭台：语出唐人郑谷《和知己秋日伤怀》诗"流水歌声共不回，去年天气旧亭台"。

　　②香径：小路铺满落花，故称香径。

【译文】

　　举起一杯美酒，听着一首新曲，天气与去年此时相同，池沼台榭也依然如旧。夕阳向西落下了，什么时候才能回来呢？

花儿纷纷落去，却也无可奈何，似曾相识的燕子又飞回来了，果真还是原来的燕子吗？我独自在园中充满芳香的小路上走来走去。

【点评】

这首词是文人伤春之作。"无可奈何花落去，似曾相识燕归来"，苦心构思，清新流利，对仗工巧，情致缠绵，音调谐婉。这两句受世人称赏，明代杨慎认为："'无可奈何'两语工丽，天然奇偶。"词人自己也很欣赏，在《示张寺丞王校勘》七言律中又用作腹联。

破阵子

春 景

晏 殊

燕子来时新社①，梨花落后清明。池上碧苔三四点，叶底黄鹂一两声。日长飞絮轻。

巧笑东邻女伴，采桑径里逢迎②。疑怪昨宵春梦好，元是今朝斗草赢。笑从双脸生。

【注释】

①新社：即春社，指立春后第五个戊日，是祭祀土神的日子。

②逢迎：彼此问候嬉戏。

名师指津

律诗的四联，各有一个特定的名称，第一联叫首联，第二联叫颔联，第三联叫颈联，第四联叫尾联。颈联有时候也叫腹联。

名师指津

这两句既点明了季节，又写出了季节与景物的关系，给人以具体的印象。

名师释疑

斗草：民间流传的一种游戏。双方执草相交结，比其韧性，断者为输。

【译文】

　　燕子在春社时飞来,清明节即将到来,梨花刚刚纷纷落下,柳絮又开始飘舞。池塘边点缀着几点青苔,在茂密的树叶下不时传来一两声黄鹂的清脆叫声。

　　东边邻居家的女伴笑容满面地走出了家门,要趁着这春天的美景,出去游玩。我们在那条采桑的小路上相遇,彼此嬉戏问候。难怪昨天晚上做了个好梦,原来是预示着我今天要在斗草的游戏中获胜。想到这些,脸上不由得露出了笑容。

【点评】

　　这首词通过写清明时节的一个生活片段,反映出少女身上的青春活力,充满着一种欢乐的气氛。全词纯用白描,笔调活泼,风格朴实,形象生动,展示了少女的纯洁心灵。

木兰花

晏　殊

　　绿杨芳草长亭路①,年少抛人容易去。楼头残梦五更钟,花底离愁三月雨。

　　无情不似多情苦,一寸还成千万缕。天涯地角有穷时,只有相思无尽处。

名师指津
结尾两句化用白居易的《长恨歌》:"天长地久有时尽,此恨绵绵无绝期。"

【注释】

　　①长亭路:指送别的驿站。亭是古代大道上供行人休息停留的建筑物,有"十里一长亭,五里一短亭"的说法。

【译文】

　　杨柳青青，芳草萋萋，我们在城外长亭外道别。年少的情郎不理解我对他的爱意，轻易地抛下我而远去他乡。留下我独守楼头，梦中常常被五更的钟声惊醒。三月的春雨霏霏，花儿带着离愁纷纷落下。

　　无情的人不会像多情的人儿那么痛苦，我的一寸芳心也会化作千丝万缕相思的愁绪。无论天涯还是海角总会有尽头，而只有这相思的情怀是无穷无尽的。

【点评】

　　这首词述说相思之苦。上阕点出送别地点，烘托"长亭送别"的环境。次句言少年阅历不广，轻易离去。闺中人受尽相思之苦，钟惊残梦，雨浇离愁，凄楚不堪。下阕直抒胸臆，极其感人。"无情不似多情苦"，用反语突出表现闺中人不堪相思之苦的心境。

　　古人强调含蓄美，下阕虽不含蓄，却有着感人至深的艺术魅力。"天涯地角有穷时，只有相思无尽处"两句，充满爱情哲理。

木兰花

宋　祁

　　东城渐觉风光好，縠皱波纹①迎客棹。绿杨烟外晓寒轻，红杏枝头春意闹。

　　浮生长恨欢娱少，肯爱②千金轻一笑？为君持酒劝斜阳，且向花间留晚照。

名师指津

早春郊游，地在东城，以东城先得春光。风和日丽，水波不兴。春日载阳，天气渐暖。以"红杏"表春，诗词习见。

【作者简介】

宋祁（998—1061），字子京，安州安陆（今湖北安陆市）人，徙居开封雍丘（今河南杞县）。他擅长词，作品虽不多，但写景抒情颇具特色。曾自为墓志铭及《治戒》，自称"学不名家，文章仅及中人"。曾与欧阳修等同修《新唐书》，著有《宋景文公集》。

【注释】

①縠（hú）皱波纹：波纹粼粼，好似起皱的縠纱。縠，绉纱一类丝织品。

②肯爱：岂肯吝惜，即不吝惜。

【译文】

东城外风光随着春天的到来越来越美了。水面上波纹粼粼，好似起皱的縠纱，游船上游客的欢娱声不断。已是深春时节，绿杨翠柳茂密如烟，只是早上还有丝丝的凉意。红杏挂满枝头，蝴蝶飞舞，一片生机盎然的景象。

人的一生漂浮不定，最缺乏的是欢乐的时光，所以我愿意拿出千金换得一时的快乐。想到此地，我端起酒杯，劝夕阳与我共同干一杯美酒，希望金色的晚霞，能够在美丽的花丛中多停留一会儿。

【点评】

"红杏枝头春意闹"一句，"闹"字表达出春色的生动。王国维称"著一'闹'字而境界全出"。宋祁因此被称为"红杏尚书"。整首词章方井然，言情虽缠绵却不轻薄，将惜时自贵的情怀抒发的淋漓尽致。

贺圣朝

留 别

叶清臣

满斟绿醑①留君住,莫匆匆归去。三分春色二分愁,更一分风雨。

花开花谢,都来几许②?且高歌休诉。不知来岁牡丹时,再相逢何处?

【作者简介】

叶清臣,字道卿,乌程(今浙江湖州)人。仁宗天圣初进士,历官翰林学士、权三司使。有诗文集,《全宋词》存二首。

【注释】

①绿醑(xǔ):绿色美酒。

②都来几许:总的算来有多少。

【译文】

往杯盏里倒满淡绿色的美酒,我诚恳地挽留您住下来,请不要匆匆忙忙地回去。春色三分过去了二分,这已经令人发愁,何况剩下的一分春色还在经历凄风苦雨。

花开花落,总的算来遇到多少次呢?暂且高歌畅饮不要谈论这类事情。不知道明年牡丹盛开的时候,我们再次相逢将会是在哪里?

名师指津

此句虽然还是以词家习惯运用的情景交融的手法来描写离愁,但设想奇特,不落俗套,给人以新颖巧妙的感觉。

名师指津

"花开"两句,紧承上片的离愁别绪。"都来几许",由挚友不得长聚而引起的时序更迭、流年暗换的慨叹与迷惘,亦暗含其中。这两句深化了上片的离愁。

【点评】

　　这首词是酒席筵前留别之作。词写别情,撇开离愁,曲折细致。欲扬先抑,未别先想重逢之日,使难舍难分的情意更加浓烈。全词精心铺叙,情真意切,表现了词人伤春惜别的情怀,也流露出人生萍寄之感。

名师释疑

萍寄:浮萍寄迹水面。比喻行止无定,不能安居。

名师指津

雨后放晴,湖边繁花争奇斗艳,蜂蝶喧闹飞舞。

采 桑 子

欧阳修

春深雨过西湖①好,百卉②争妍。蝶乱蜂喧。晴日催花暖欲然③。

兰桡画舸悠悠去,疑是神仙。返照波间。水阔风高飏④管弦。

【作者简介】

　　欧阳修(1007—1072),字永叔,号醉翁,晚号六一居士。吉州永丰(今属江西)人。从具体词作看,早年与晏殊齐名,都以小令见长。后慢词风接近南唐后主李煜,并与之齐名。在深度与广度上,欧词强于晏殊,述怀咏史脱离花间南唐词风,有所创新。冯煦称"疏隽开子瞻"。有《六一词》。

【注释】

①西湖:今安徽阜阳县西北,颍河与诸水汇流处。

②百卉:泛指花卉。

③然:同"燃"。

④飏(yáng):同"扬"。

【译文】

深春时节，雨后放晴，西湖的风景变得更加美好了。湖边繁花争妍斗胜，蜜蜂和蝴蝶在花丛间飞来飞去，十分地热闹。暖洋洋的阳光催着花儿开放。

人们乘画舫在湖上徜徉，荡着碧波，悠悠远去，悠然自得，宛若神仙一般。水波中的倒影更是悠然自得。风过处，宽阔的水面上传来阵阵乐曲的清音。

◁名师释疑◁

徜 徉（cháng yáng）：闲游，安闲自在地步行。

【点评】

《采桑子》十三首，是作者晚年退居颖州时所作。在序言《西湖念语》，作者以"闲人"自居，指出"况西湖之胜概，擅东颖之佳名"，引起游兴。作者在流连山水、兴尽归来后，"因翻旧阕之辞，写以新声之调"，留下十三首曲子词。十首专咏西湖，末三首抒写感慨。

这首词写暮春晴日的西湖风光。雨后放晴，湖边繁花争奇斗艳，蜂蝶喧闹飞舞；湖上兰舟徜徉，悠悠远去；风过处，水面传来阵阵乐曲的清音。这里所谓的"神仙"，指作者自己。

踏 莎 行

欧阳修

候馆①梅残，溪桥柳细，草薰②风暖摇征辔③。离愁渐远渐无穷，迢迢不断如春水。

寸寸柔肠，盈盈粉泪，楼高莫近危阑倚。平芜尽处是春山，行人更在春山外。

【注释】

①候馆：旅舍。

②薰：香气。一作"芳"。

③征辔（pèi）：即行人的坐骑。辔，本义为缰绳，这里代指坐骑。

【译文】

接待宾客的馆舍前梅花已经凋零残败，小溪桥边的柳树也已泛绿抽叶。暖风习习，芳草鲜美，我乘着马悠闲自得地陶醉在美好的春风中。可是离家越来越远，离愁就越来越浓重，就像那迢迢不绝的春水，连绵不断。

独守家中的爱人，因为思念远行的我，一定是泪眼盈盈，柔肠寸断。即便如此也千万不要登上高楼，倚栏远望，那样只能看见杂草丛生的原野和原野尽头的春山，而远行人却在春山之外。

【点评】

这首词体现了欧词的深婉，最具代表性。上片写行人，由景到情，由情至景。"迢迢不断如春水"一句，以流不断的春水暗喻诉不完的离愁。下片写闺人，由近及远，从思妇楼头到山外行人。抒写远望天边，不见行人别恨。整首词只有五十八个字，但由于巧妙地运用了以乐写愁、实中寓虚、化虚为实、更进一层等艺术手法，便把离愁表现得淋漓尽致，产生了巨大的艺术魅力，所以成了人们乐于传诵的名篇。

生查子

欧阳修

去年元夜①时，花市灯如昼。月上柳梢头，人约黄昏后。

今年元夜时，月与灯依旧。不见去年人，泪满春衫袖。

【注释】

①元夜：元宵。唐代以来元夜有观灯的风俗，又叫"灯节"。

【译文】

去年元宵节的时候，繁华的街市上人来人往，十分热闹，到处挂着花灯，将整个街市照得如同白天。月儿升起在柳树梢头，有人约我在黄昏后相会。

今年的元宵节又到了，明月花灯依旧像去年一样明亮。只是自己的心上人却不见了踪影，想到这里，不由得悲伤起来，顿时相思的泪水打湿了衣袖。

【点评】

这首词上片回忆去年灯节的情景。用灯好、月明、人团圆，反映作者的欣喜之情。下片描写今年灯节的景象。虽明月依旧，却人非往昔，触目伤怀，不胜悲痛。写法上，它采用了去年与今年的对比手法，使得今昔情景之间形成哀乐迥异的鲜明对比，从而有效地表达了词人所欲吐露的爱情遭遇上的伤感、苦痛体验。这种文义并列的分片结构，形成回旋咏叹的重叠，读来一咏三叹，令人感慨。

名师指津

开头两句写元宵之夜的繁华热闹，为下文情人的出场渲染出一种柔情的氛围。"月上"两句，用圆月见证两人的爱情，脍炙人口。

浪淘沙

欧阳修

把酒祝东风,且共从容①。垂杨紫陌②洛城东。总是当时携手处,游遍芳丛。

聚散苦匆匆,此恨无穷。今年花胜去年红。可惜明年花更好,知与谁同?

名师指津

"今年花胜去年红",足见作者去年曾同友人来观赏过此花,此与上片"当时"相呼应,这里包含着对过去的美好回忆;也说明此别已经一年,这次是久别重逢。

【注释】

①从容:相伴,跟随。

②紫陌:京城郊外的道路。

【译文】

我满怀深情端起一杯美酒,深情地问候春风,并且希望你步履不要太匆匆,留下来与游人一起和美景相伴吧。在京城洛阳东面的郊外,道路两旁杨柳依依,景色宜人。那个时候,那个地方,我和你总是携手相伴,在芳草花丛中尽情地欢乐游玩。

匆匆聚散总是使人们痛苦不堪,这种怨恨无穷。今年的花儿比去年的还艳丽。也许明年的花儿会更加美好,只可惜,不知道谁会与我一同赏花。

【点评】

这首词作于宋仁宗明道元年(1032)春,是作者与友人梅尧臣重游洛阳城东旧地有感而作。伤时惜别,感叹人生聚散无常。

全词以惜花写惜别,构思新颖,是篇中的绝妙之笔。作者把别情融于赏花，比较三年的花，层层推进，别情之重说明情谊之深。词作笔致疏放，婉丽隽永，俞陛云称："因惜花而怀友，前欢寂寂，后会悠悠，至情语以一气挥写，可谓深情如水，行气如虹矣。"

桂枝香

王安石

登临送目①，正故国②晚秋，天气初肃③。千里澄江似练④，翠峰如簇。归帆去棹斜阳里，背西风、酒旗斜矗。彩舟云淡，星河⑤鹭起，画图难足。

念往昔、繁华竞逐，叹门外楼头⑥，悲恨相续。千古凭高，对此漫嗟荣辱⑦。六朝旧事如流水，但寒烟、衰草凝绿。至今商女，时时犹唱，《后庭》遗曲。

【作者简介】

王安石（1021—1086），字介甫，江西临川（今江西抚州）人。北宋著名改革家、文学家，晚年退居金陵。宋神宗时任宰相，其间实行变法，因大地主大官僚反对等原因，改革失败，被罢相。

在文学方面，主张文章内容服务于政治。宋初，"西昆体"一味追求诗歌形式。他反对此类作品，写下不少反映现实的诗歌。他并不以词著名，但《桂枝香》评价甚高。词集名《临川先生歌曲》。

名师释疑

隽（juàn）永：思想感情深沉幽远，意味深长。

六朝旧事：意出窦巩《南游感兴》诗："伤心欲问前朝事，惟见江流去不回。日暮东风春草绿，鹧鸪飞上越王台。"

名师指津

这是一首金陵怀古之词。一开头，用"登临送目"四字领起，表明以下所写为登高所见。

【注释】

①登临送目：登山临水，眺望远近景物。

②故国：指金陵（今江苏南京市），六朝旧都建业。

③肃：肃杀。

④练：白绸。

⑤星河：银河，这里指长江。

⑥门外楼头：出自唐杜牧《台城曲》："门外韩擒虎，楼头张丽华。"台城在今南京。

⑦漫嗟荣辱：徒然感叹历朝的盛衰。

【译文】

登山临水，眺望远近景物，故都金陵正值深秋季节，天气日渐寒冷萧瑟。千里长江好像一条白色的绸带，蜿蜒远去，远处苍翠的山峰如箭镞一样射向空中。落日的余晖下，江面上帆船往来穿梭，岸边酒楼上，斜竖着酒旗随着西风飘扬。只见远处的彩舟如被轻云缭绕，江上的白鹭飞向青天，如此美丽的景色，再好的图画也难以将它们描绘出来。

遥想当年，金陵曾经是人们竞相攀比奢华的繁华地方，全不顾惜大好河山。可叹六朝君主一个个因为荒淫无道相继覆亡。古往今来，多少人在此登高怀古，徒然感叹历朝的盛衰荣辱。六朝的旧事像长江之水一样，一去而不复返了，只留下寒烟凄迷、衰草凝绿。直到今天，歌女们依然在为人们唱着那亡国的《玉树后庭花》，真是令人可悲。

【点评】

本词上片刻画金陵晚秋之景。用"画图难足"概括澄江翠峰、归帆去棹等景物，把"登临送目"的内容表现得淋漓尽致。下片描述旧朝往事，表达作者的不满与谴责。全词以壮丽的山河为背景，历述古今盛衰之感，立意高远，笔力峭劲，体气刚健，豪气逼人。多处化用前人诗句，不着痕迹，显示了作者深厚的功底。

浪淘沙令

王安石

伊吕①两衰翁，历遍穷通。一为钓叟②一耕佣③。若使当时身不遇，老了英雄。

汤武④偶相逢，风虎云龙⑤。兴王只在笑谈中。直至如今千载后，谁与争功！

【注释】

①伊吕：伊，即伊尹。传说他本是奴隶，后为有莘氏女的陪嫁奴仆，汤任用他攻灭夏桀，成为商朝开国功臣。吕，即吕尚，姜姓，字子牙，号"太公望"，又称"姜太公"。因辅佐周文王、周武王灭商，封于齐，为周代齐国的始祖。

②钓叟：钓鱼老翁，即吕望。

③耕佣：指曾为奴隶的伊尹。

④汤武：汤，成汤，商朝建立者。武，周武王姬发，周朝建立者。

名师指津

作者颇有自许之意。伊、吕是值得庆幸的，但更多士人的命运却是令人惋惜的，因为那些人没有被发现、被赏识、被任用的机会，他们是"老了"的英雄（被埋没了的英雄）。

⑤风虎云龙：龙起生云，虎啸生风。指同类的事物相感应。后比喻君主得贤臣，臣子遇明君。

【译文】

伊尹和吕尚两位老人，经历了种种失意潦倒和得意发达的不同遭遇。他们二人一个是垂钓的老翁，一个是躬耕的奴隶。如果不是他们有幸遇到了汤武两位明君，恐怕他们到老也成不了英雄。

汤、武这样的明君得与伊、吕这样的贤臣相遇相识，正如龙起生云、虎啸生风，相得益彰。君臣推心置腹，谈笑自如，共谋大业，终于兴起一方，成就了帝王之业。伊、吕两人辅佐君主，建功立业，直到现在也没有人对他们的功劳表示怀疑。

◆名师释疑◆
推心置腹：把赤诚的心交给人家。比喻真心待人。

【点评】

王安石在《诉衷情》中，曾以周公、召公、孔丘、孟轲自比，"达如周召，穷似丘轲"。在本词中，他又颂赞伊尹、吕望遇到明君，兴邦大业。一方面强调"英雄遭遇及时"，另一方面意指明君能识拔贤才。作者借此流露出自己政治革新失败后的寂寞之感。

玉 楼 春

晏几道

东风又作无情计，艳粉娇红①吹满地。碧楼帘影不遮愁，还似去年今日意。

谁知错管春残事，到处登临曾费泪。此时金盏②直须深，看尽落花能几醉。

名师指津
景既不能遮断，愁自然油然而生。语浅而情深，红稀绿暗的春残景色"还似"去年一样，"还似"二字，照应首句"又"字，说花飞花谢的景象、春残春去的愁情，不是今年才有，而是年年如此，情意倍加深厚，语气愈益沉痛。

【作者简介】

晏几道,字叔原,号小山。晏殊幼子,生于富贵之家。曾监颍昌许田镇,徽宗崇宁四年(1105),为开封府推官。

生平变故较大,作品中常流露出颓伤没落的感喟。陈振孙说:"叔原词在诸名胜中独可追步花间,高处或过之。"词风受南唐白描影响,与晏欧有所不同,继承了温庭筠的精雕细琢和用色浓艳。周济论其词说:"晏氏父子,仍步温韦,小晏(晏几道)精力尤胜。"词集名《小山词》。

【注释】

①艳粉娇红:指落花。
②盏:即浅而小的杯子。

【译文】

无情的东风又吹来了,娇艳的红花被吹落了一地。身在绿树环绕的小楼中,隔着窗帘看见飞花零乱、落红满地,不由得忧愁起来。此刻心情犹如去年今日一样,为春而伤。

春来春去、花开花落都是自然而然的事情,谁又能掌控得了呢?可我却在登临游赏时为春残花落而伤心落泪,真是不该。此刻,我只需要畅饮美酒,趁着花未落尽之前尽情玩赏,因为美景易逝,我还能有几次痛饮的机会呢?

【点评】

这首词是描写落花之作。宛转沉着,词风与李煜接近。上片开头先怨东风无情,"又"表示怨愁极深;次叙残花吹落满地；再写隔帘见花谢花飞，将落花化为"春愁"。最后忆往昔，"还似"从"又"引出。下片承"去年"，不说惜春去，反以惜春为"错管"，以登临下泪为多费。末两句表面上说及时行乐，趁花未落尽，饮酒赏花，恣情消遣，表达作者深蕴心底的沉痛之情。

名师释疑
恣(zì)情：纵情；尽情。

阮郎归

晏几道

旧香残粉似当初，人情恨不如。一春犹有数行书，秋来书更疏。

衾凤①冷，枕鸳孤，愁肠待酒舒。梦魂纵有也成虚，那堪和梦无。

名师指津
这一句中仅提到凤、鸳，是因为古书中说凤凰为一对，雄为凤，雌为凰。鸳鸯也是如此。作者想表达孤寂之感，因此就只用了一个。

【注释】

①衾凤：绣有凤凰图纹的彩被。

【译文】

往日用的胭脂香粉还和从前一样芳香，可恨这人之间的感情还不如这胭脂香粉的余香长久。春天的时候犹能收到她写着几行字的书信，可是到了秋天书信却越来越少了。

房中绣被鸳枕形同虚设，使人有寂寞凄凉之感。愁肠百结，我只能借酒消愁。梦中能与她相见本也是一场虚空，可是更让人难以忍受的是，竟然与她相会的梦也不做了。

【点评】

这首词前后照应，层层深入。先恨人情不及过去，从春到秋，书信逐渐减少；再怨入夜愁怀难解，梦魂本是虚无，连梦也不做。

生查子

晏几道

关山①魂梦长，塞雁音书②少。两鬓可怜青，只为相思老。

归傍碧纱窗，说与人人③道："真个别离难，不似相逢好。"

【注释】

①关山：泛指关隘山川。

②音书：音信，消息。

③人人：指心爱的人。

【译文】

只因路途遥远，关山阻隔，我与魂牵梦萦的爱人难以相见，往来的书信也很少。可怜我两鬓秀美的青丝，只因为日日盼望、夜夜相思而渐渐变白了。

这夜梦中我回到了家中，和她依傍在碧纱窗前，低声地对她说："夫妻分离真是让人痛苦难过，不如两情相守幸福。"

【点评】

这首词纯用白描，仅用四十个字，就生动地描绘出一个涉世未深而又多情恋家、颇为可爱的青年形象。全词朴实无华，明白如话，是小晏词的另一种风格。

他离家外出，不想家中惦念他，总觉得收到的信少。照镜子，明明是两鬓青青，却仿佛因相思而变老。梦中回家，对爱妻说："真个别离难，不似相逢好。"傻傻的实话富于人生哲理，令人拍案叫绝。

名师指津

"两鬓"二句写词人对镜，见两鬓青青，正是青春华茂，遂觉远离家乡实为虚耗青春，便突发感慨："哎，可怜哟！我这满头青丝，就要为相思变老喽！"故作夸张，憨态可掬，情趣盎然，颇见性情。

名师释疑

魂牵梦萦(yíng)：形容万分思念。

南乡子

晏几道

新月又如眉。长笛谁教①月下吹？楼倚暮云初见雁，南飞。漫道②行人雁后归。

意欲梦佳期。梦里关山路不知。却待短书来破恨③，应迟。还是凉生玉枕时。

【注释】

①谁教：谁令，谁使。

②漫道：徒然说，不要随便说。

③破恨：破解心中的离恨。

【译文】

又见一弯新月如蛾眉，月光下是谁使她手持长笛吹奏哀伤的曲调？黄昏时分凭倚高楼，初次见云层中有大雁向南飞。大雁南飞，离人却未回来，人在雁后归来看样子只能是空说。

原想在梦中能和亲人来欢会，可惜关山路遥，梦里不识路。还是回到家中等待他的短信来破解心中的离恨吧，收到短信恐怕时间会很晚，因为又到玉枕生凉的清秋时节！

【点评】

这是一首怀人词。作者以回环曲折的结构，风流蕴藉的情致，由月下吹笛及南飞雁，由雁思及行人，抒发了清秋时节的怅惘之情。

全词意境隽永，曲折往复，既华丽又庄重。上片写吹笛、见

名师指津

"如眉"暗指"新月"不圆之意，点离思主题，愁上眉间。"又"是对此景之叹，表明主人公已历见多次，既状时间之长，亦隐隐透出触目惊心、怎堪又见的苦涩。

雁，下片写欲梦、待书。吹笛而云"谁教月下吹"，意即枉吹；见雁而云"漫道行人雁后归"，意即空见。欲梦中相逢却不知路，等待书信却迟迟不到。

卖花声

张舜民

木叶下君山①，空水漫漫②。十分斟酒敛芳颜③。不是渭城西去客，休唱阳关④。

醉袖抚危栏，天淡云闲。何人此路⑤得生还。回首夕阳红尽处，应是长安。

【作者简介】

张舜民，生卒年不详，字芸叟，邠州（今陕西彬县）人，自号浮休居士，又号矴斋。宋英宗治平二年（1065）进士，哲宗时为监察御史，徽宗朝任吏部侍郎。有《画墁集》，现存作品从《永乐大典》整理。

【注释】

①君山：在洞庭湖中，正对岳阳楼。

②空水漫漫：水连长空，漫无际涯。

③敛芳颜：即敛容、正容。表示肃敬。

④不是渭城西去客，休唱阳关：出自王维《送元二使安西》："劝君更进一杯酒，西出阳关无故人。"

⑤此路：指被贬去南方之路。

名师指津

词的一、二句写洞庭湖，秋水与长天一色，茫茫无际；秋风里，万木凋零，树叶在君山之上纷纷飘落，勾画出一幅洞庭叶落、水空迷蒙的萧疏景象，渲染了凄凉的气氛，烘托了作者当时的悲凉心境，奠定了全词悲痛的感情基调。

名师指津

长安借指汴京。出自白居易《题岳阳楼》："夕阳红处是长安。"

【译文】

　　秋风里，洞庭湖中君山上的树叶纷飞落地，湖中水天相连，雾气漫漫。歌女为我满满地斟上一杯酒，收起笑容，打算为我唱一首送别的曲子。我不是当年在渭城出发西去的旅人，请你不必唱起《阳关》曲来送行。

　　不知不觉，已经喝得醉醺醺的，我手扶楼上的栏杆向远方眺望，只见碧空万里，白云悠悠。可是被贬官出朝的人，谁能活着从这条路上回来？回头看看，那夕阳西下，红彤彤的地方应该就是京师汴京吧。

【点评】

　　这首词是作者被贬南方，途径岳阳楼时的登临之作。岳阳楼是通西南的必经之地，历来极多题咏。作者怕听离歌，却说自己"不是西去客"，要歌女"休唱阳关"，表达了迁客逐臣被贬谪边远的失意慨恨之情，极具代表性。

卜算子

送鲍浩然之浙东

王　观

水是眼波横，山是眉峰聚。欲问行人去那边？眉眼盈盈①处。

才始送春归，又送君归去。若到江南赶上春，千万和春住。

【作者简介】

　　王观（1035—1100），字通叟，如皋（今属江苏）人。宋仁

名师释疑

醉醺(xūn)醺：形容人喝醉酒，醉得一塌糊涂的样子。亦指半醉貌。

名师指津

词人丢开眼如秋水、眉如春山的俗套譬喻，直说"水是眼波横，山是眉峰聚"，快人快语，便觉清新可喜。

宗嘉祐二年（1057）进士，历任大理寺丞、江都知县。因词作《清平乐》有"黄金殿里，烛影双龙戏""折旋舞彻《伊州》，君恩与整搔头"等句，忤太后旨被罢职。遂自号逐客，或称王逐客。秦观父赞其"高才力学"，取子名为"观"。词集名《冠柳集》。

【注释】

①盈盈：美好的样子。

【译文】

那流动的江水像佳人的眼波一样清澈明亮，那连绵起伏的山峦像美女微微蹙着眉毛。想问远行的人到哪里去呢？原来是到那有山有水风景秀美的地方。

才送春天归去，现在又要送你回家乡。你会一帆风顺回到江南的老家，如果恰巧赶上江南的春天，就一定要与春天融和，把它给留住。

【点评】

这是一首送别词。上片着重写人，写友人一路山水行程，含蓄地表达了惜别深情。起首两句，笔调风趣，景语成情语；三、四两句，点出行人的目的。"眉眼盈盈处"，既写江南山水，也写他要见到的人，含蓄表达送别时的一往情深。

下片直抒胸臆，写离愁别绪和对友人的深情祝愿。开头两句直接点明送别。两个"送"字递进，将作者的愁苦描写得极为深切。末两句是对友人的美好祝愿，希望友人与美好春光同驻。一反送别词中的悲切，而是情意绵绵，富有灵性。

江城子

乙卯正月二十日夜记梦

苏 轼

十年生死两茫茫①，不思量，自难忘。千里孤坟②，无处话凄凉。纵使相逢应不识，尘满面，鬓如霜。

夜来幽梦忽还乡，小轩③窗，正梳妆。相顾无言，惟有泪千行。料得年年肠断处，明月夜，短松冈。

【作者简介】

苏轼（1037—1101），字子瞻，号东坡居士。眉州眉山（今四川眉山）人。

宋仁宗嘉祐二年中进士，受欧阳修赏识。苏轼反对王安石变法，宋神宗时曾出任杭州、密州、徐州地方官。因其诗被指"谤讪"朝政，在湖州被捕，即"乌台诗案"，被贬到黄州。哲宗时召为翰林学士。绍圣初年，新党再度执政，又被贬广东惠州，后远徙到昌化（今海南省昌江县）。徽宗立，赦还，死于常州。苏轼的诗、文、词和书法都闻名于世。有《东坡词》，存词三百多首。

【注释】

①茫茫：不明貌，指两人生死相隔已有十年。苏轼《亡妻王氏墓志铭》："治平二年（1065）五月丁亥，赵郡苏轼之妻卒于京师，其明年，葬于眉之东北彭山县安镇乡可龙里。"作者写本词时，离王氏之死刚好十年。

名师指津

苏东坡十九岁时，与年方十六的王弗结婚。王弗年轻貌美，且侍亲甚孝，二人恩爱情深。可惜天命无常，王弗二十七岁就去世了。这对东坡是很大的打击，其心中的沉痛、精神上的痛苦是不言而喻的。

名师指津

"尘满面"道尽十年辗转尘世，历尽坎坷和创伤。

名师释疑

短松冈：种着小松树的山冈。这里指王氏孤坟。

②千里孤坟：指王氏葬在四川，与自己相隔几千里。

③轩：有窗槛的小室。

【译文】

自从妻子去世后，两人已经阴阳两隔十年之久了。不用刻意去回忆和思念，妻子生前的音容笑貌就会时时浮现在我眼前。妻子葬在四川，与此地相隔几千里，孤苦伶仃，想要和她说些伤心话也遥不可及。即使是妻子起死回生，两人相逢，她也不会认识我了，因为我已是风尘满面，两鬓斑白，衰老多了。

夜里我在梦中回到了家乡，看见小室窗前，她正在梳妆打扮。两人相见，默不作声，只有两行热泪簌簌而下。想她在天之灵也会年年在明月高悬、种着松树的坟岗上肝肠寸断吧。

◀名师释疑◀

簌（sù）簌：形容流泪时眼泪纷纷落下的样子。

【点评】

这首词是作者悼亡之作，熙宁八年（1075）写于密州（今山东诸城市）。"自难忘"形容死别之苦、忆念之深。梦中还乡重逢，无言相对，借梦境表相思。最后月下孤坟，反映出"无处话凄凉"的凄苦。

江 城 子

密州出猎

苏 轼

老夫①聊②发少年狂，左牵黄，右擎苍③。锦帽貂裘，千骑卷平冈④。为报倾城随太守，亲射虎，看孙郎⑤。

名师指津

此词开篇"老夫聊发少年狂"，出手不凡。这首词通篇纵情放笔，气概豪迈，一个"狂"字贯穿全篇。

37

酒酣胸胆尚开张，鬓微霜，又何妨。持节⑥云中⑦，何日遣冯唐⑧？会挽雕弓如满月⑨，西北望，射天狼⑩。

【注释】

①老夫：作者自称。

②聊：姑且。

③左牵黄，右擎苍：出自《梁书·张克传》："值克出猎，左手臂鹰，右手牵狗。"

④卷平冈：卷起平冈上的尘土。

⑤亲射虎，看孙郎：作者自比孙权，要亲自去射虎。《三国志·吴志·孙权传》："（建安）二十三年十月，权将如吴，亲乘马射虎于庱亭。马为虎所伤，权投以双戟，虎却废。"

⑥持节：拿着符节。

⑦云中：汉代郡名，今内蒙古自治区托克托县及山西西北一带。

⑧冯唐：西汉时期的大臣。汉文帝时，云中太守魏尚因事获罪，冯唐向文帝陈述魏尚阻击匈奴有功，不应因报功时虚报了杀敌数字而办罪。文帝便派冯唐"持节"去赦免魏尚，恢复职务，还任命冯唐为车骑都尉。

⑨满月：弓本为半月形，尽量拉开成为满月形。

⑩天狼：星名，这里喻西夏。

【译文】

我兴致高涨，要重温年少打猎时的轻狂。我左手牵黄狗，右臂举苍鹰，头戴锦蒙帽，身穿貂鼠皮衣。带领着千骑随从，浩浩汤汤地奔驰在平岗上，千骑过处，尘土飞扬。为了回报全城人跟随我出猎的盛意，我要像当年的孙权一样，亲自射只猛虎。

我开怀畅饮，胸怀胆气都很豪壮，即使是我的两鬓已经有少许的银丝，也阻挡不了我的雄心壮志。我想问皇帝，什么时候能像汉文帝派遣冯唐持节到边关一样，让我建功立业呢？如果能这样，我会用尽全力，将宝雕弓拉得满满的，对准西北的天狼射去。

【点评】

这首词作于熙宁八年，苏轼在山东密州任上。全词通过描写一次出猎的壮观场面，借历史典故抒发了作者杀敌为国的雄心壮志，体现了为国效力、抗击侵略的豪情壮志，并委婉地表达了期盼得到朝廷重用的愿望。

词作充满昂扬振奋的情调和强烈的同仇敌忾之心。先前，词作只作为文章余事。这首小词突破以词为"艳科"的传统，意义重大。

水调歌头

苏 轼

丙辰中秋，欢饮达旦，作此篇兼怀子由①。

明月几时有，把酒问青天②。不知天上宫阙③，今夕是何年？我欲乘风④归去，又恐琼楼玉宇⑤，高处不胜寒。起舞弄清影⑥，何似在人间。

转朱阁，低绮户，照无眠。不应有恨，何事长向别时圆？人有悲欢离合，月有阴晴圆缺，此事古难全。但愿人长久，千里共婵娟⑦。

◀名师释疑▶

同仇敌忾（kài）：指全体一致痛恨敌人。同仇，共同对敌。敌，对抗，抵拒。忾，愤怒。

名师指津

此词是中秋望月怀人之作，表达了苏轼对胞弟苏辙的无限怀念。苏轼运用形象描绘手法，勾勒出一种皓月当空、亲人千里、孤高旷远的境界氛围，反衬自己遗世独立的意绪和往昔的大醉。

【注释】

①子由：苏辙（字子由），苏轼弟。

②把酒问青天：出自李白《把酒问月》："青天有月来几时，我今停杯一问之。"

③天上宫阙：指月宫。

④乘风：出自《列子·黄帝篇》："列子乘风而归。"

⑤琼楼玉宇：即月宫。出自《酉阳杂俎》前集卷二"琼楼金阙满焉"。

⑥起舞弄清影：用李白诗"我歌月徘徊，我舞影零乱"。

⑦婵娟：美好姿态，形容月亮。谢庄《月赋》："美人迈兮音尘绝，隔千里兮共明月。"

【译文】

明月什么时候才有呢？我举起酒杯遥问青天。不知道天上的月宫宝殿，今天晚上是哪一年。我想驾长风飞到月宫去，又害怕那月宫由于太高而过于寒冷，使我无法忍受。还不如在明月的照耀下，翩翩起舞，与清影为伴。天上寂寞的生活哪有人间的生活快乐呢？

皓月当空，皎洁的月光转过了朱红的楼阁，又低低地照进了雕花的窗户，照到了床上彻夜难眠的人。月儿不应该这样无情，为什么总是在人们分离的时候才圆呢？人生一世少不了悲欢离合，月亮也会有阴晴圆缺的变化，这些都很正常。自古以来就没有十全十美的事情。我只是希望人人健康长寿，即便远隔千里，也能共同欣赏这明月之辉。

◆名师释疑◆

翩翩起舞：形容轻快地跳起舞来。

【点评】

这首词作于熙宁九年中秋夜，作者通宵欢饮后。上片从问月转到赏月，由向往月宫到月下起舞，天上人间此乐相同。下片从赏月回归问月，由月难常圆到人难常好，感叹此恨无穷。结尾又表达了乐观旷达的祝愿。

此词借景抒情，借天上月亮，抒发个人情怀。采用浪漫主义的写法，通过设想展现中秋月宫夐绝尘寰的奇景。从景物联想到人事流转，以大自然的辽阔，反映作者思想的开阔。语言上，洗却柔靡，脱除陈套。在中秋词作中，意境最高，流传最广。

念奴娇

赤壁[①]怀古

苏 轼

大江[②]东去，浪淘尽，千古风流人物。 故垒西边，人道是，三国周郎赤壁。乱石穿空[③]，惊涛拍岸，卷起千堆雪[④]。江山如画，一时多少豪杰。

遥想公瑾当年，小乔[⑤]初嫁了，雄姿英发。羽扇纶巾[⑥]，谈笑间，樯橹[⑦]灰飞烟灭。故国神游，多情应笑我，早生华发。人生如梦，一尊还酹[⑧]江月。

【注释】

①赤壁：三国时吴国周瑜大败曹操的地方，即"赤壁之战"。战场在今湖北蒲圻县。

名师指津

开篇即景抒情，时越古今，地跨万里，把倾注不尽的大江与名高累世的历史人物联系起来，布置了一个极为广阔而悠久的空间、时间背景。它既使人看到大江的汹涌奔腾，又使人想见风流人物的卓荦气概，并将人们带入历史的沉思之中，唤起人们对人生的思索，气势恢宏。

②大江：即长江。

③乱石穿空：指石壁陡峭，插入天空。

④千堆雪：浪涛重叠地飞卷而上。李煜《渔父》："浪花有意千重雪。"

⑤小乔：即乔玄的小女儿，嫁给了周瑜。

⑥纶（guān）巾：佩有青丝带的头巾。

⑦樯橹：这里代指曹操的水军。樯，挂帆的桅杆。橹，一种摇船的桨。

⑧酹（lèi）：把酒浇在地上祭奠。

【译文】

滚滚长江向东流去，江浪淘沙，沧海变为桑田，自古以来多少英雄人物也被浪花淘尽。古时营垒的西边，人们说那就是三国时期周郎大破曹军的赤壁战场了。陡峭的悬崖直耸云霄，惊涛骇浪拍打着江岸，卷起层层雪白的浪花。江山如此壮丽如画，不知曾经产生了多少英雄豪杰。

回想起当年的周公瑾，刚刚迎娶了貌美的小乔，是何等的英姿勃发。他头戴丝巾，手持羽扇，谈笑风生，出其不意地一把火就将曹军的千万艘战船付之一炬，使敌人灰飞烟灭了。如果周瑜故地神游，一定会嘲笑我如此的多情，功业未立就早早地生出白发了。可叹人生真像在做梦呀！我举起一杯酒洒向江中的明月，来祭奠千古的英雄人物。

【点评】

这首词作于元丰五年（1082）七月，是苏轼的代表作。

全词借怀古抒发报国无门的怅恨。开篇气势庞大，由奔腾的江流联想到古往今来的英雄；从人到地，点出眼前江边即传说中的赤壁战场。接着写山的陡峭和水的狂怒，想起赤壁鏖兵时的豪杰。在此照应了起首的"英雄人物"，又为周瑜出场埋下伏笔。下片"遥想"两字承接上片，形象地赞颂了周瑜的卓越识见，表达自己与周瑜抵御北方的思想一致性。作者向往周瑜的丰功伟业，却无法达到。思想由开朗转入低沉，散放人生如梦的消极思想。

艺术特色上，善用联想、衬托、对照等手法。开头借助壮阔江山，引出赤壁之战及鏖战豪杰，衬托周瑜的英雄气概，以此对照自身的失意。从内容看，不论是写景咏史，还是抒情言志，都反映了作者广阔的视野、纵横驰骋的想象力。

语言上，挥洒自如，以富于个性的笔触点染山水，抒绘情性。风格上，雄浑豪放。

临江仙

夜归临皋

苏 轼

夜饮东坡[①]醒复醉，归来仿佛三更。家僮鼻息已雷鸣，敲门都不应，倚杖听江声。

名师指津

首句"夜饮东坡醒复醉"，一开始就点明了夜饮的地点和醉酒的程度。"归来仿佛三更"，"仿佛"二字，传神地画出了词人醉眼蒙眬的情态。这开头两句，先一个"醒复醉"，再一个"仿佛"，就把他纵饮的豪兴淋漓尽致地表现出来了。

长恨此身非我有②,何时忘却营营③。夜阑风静縠纹④平,小舟从此逝,江海寄余生。

【注释】

①东坡:黄州营地,原是荒地。元丰四年,苏轼经营开垦,取名东坡,建了"雪堂"。并以此地名作别号。

②身非我有:道家思想,认为人身得之于自然。这里暗示自己对被看管的处境表示不满。

③营营:原为往来不停,引申为名利之争。《庄子·庚桑楚》:"无使汝思虑营营。"

④縠纹:指水面波纹如同绉纱。

【译文】

夜晚在东坡饮酒我是醉了又醉,回家的时候好像已经是三更时分了。我来到家门口,只听见家童呼呼大睡,鼾声如雷,我反复敲门他都没有反应。没有办法,我只得站在门外,抱着拐杖听那滔滔的江水声了。

我时常愤恨自己身不由己,受人束缚,什么时候我能够忘却这蝇营狗苟的名利呢?夜深人静,风平浪静,我思绪万千。多想从此以后,乘着小船远离喧嚣,在江河湖海中度过余生。

> ◥名师释疑◤
>
> 鼾声如雷:形容睡得很深,鼾声很大。
>
> 蝇营狗苟:比喻为了追逐名利,不择手段,像苍蝇一样飞来飞去,像狗一样不知羞耻。

【点评】

《避暑录话》载:"子瞻在黄州,与数客饮江上,夜归,江面际天,风露浩然,有当其意,乃作歌词……翌日喧传子瞻夜作此词,挂冠服江边,拏舟长啸去矣!郡守徐君猷闻之惊且惧,以为州失罪人，急命驾往谒，则子瞻鼻鼾如雷犹未兴也。"书中写到了这首词的写作经过和影响。

本词上片描写醉后归来。"倚杖听江声"，从大自然的天籁理解人生真谛，表达作者想要摆脱束缚，获得自由。下片的"忘却营营"，展现了消极的一面，这种情绪是现实社会所造成的。

卜算子

李之仪

我住长江头①，君住长江尾。日日思君不见君，共饮长江水。

此水几时休？此恨何时已？只愿君心似我心，定不负相思意。

【名师指津】

开头两句，"我""君"对起，而一住江头，一住江尾，见双方空间距离之悬隔，也暗喻相思之情的悠长。

【作者简介】

李之仪（1048—1117），字端叔，号姑溪居士，沧州无棣（今山东县名）人。神宗时进士，哲宗时曾任枢密院编修官。徽宗朝因文章被贬到太平州（今安徽当涂县）。他以小令见长，毛晋称："小令更长于淡语、景语、情语。"有《姑溪词》。

【注释】

①长江头：长江上游。

【译文】

我住在长江的上游，你住在长江的下游，相隔千里之遥。我日夜思念着你，却见不到你，我们共饮这一江之水。

长江之水，悠悠东流，不知道什么时候才能休止，自己的相思离别之恨也不知道什么时候才能停歇。只能祝愿君心永似我心，彼此不负相思情意。

【点评】

  这首词具有民歌气息，明白如话，复叠回环，构思新颖。全词以长江水为抒情线索。悠悠长江水，既是双方的天然障碍，又是一脉相通、遥寄情思的天然载体；既是悠悠相思、无穷别恨的触发物与象征，又是双方永恒相爱与期待的见证。随着词情的发展，长江的作用不断变化，妙用无穷。

虞美人

舒　亶

  芙蓉①落尽天涵水，日暮沧波起。背飞双燕贴云寒②，独向小楼东畔、倚阑看。

  浮生只合尊前老③，雪满长安道。故人④早晚上高台，寄我江南春色、一枝梅。

【作者简介】

  舒亶（1041—1103），字信道，号懒堂，明州慈溪（今浙江县名）人。宋英宗治平二年进士。神宗时做过知制诰、御史中丞。徽宗时任龙图阁待制。有集，不传。

【注释】

  ①芙蓉：指荷花。

  ②寒：言其高远。

  ③浮生只合尊前老：化用韦庄"游人只合江南老"句式。尊，

名师指津

"背飞双燕贴云寒"，视角由平远而移向高远；正当独立苍茫、黯然凝望之际，却又见一对燕子，相背向云边飞去。"背飞双燕"犹言"劳燕分飞"。

即酒器。

④故人：一说指黄公度。化用陆凯寄范晔诗："折梅逢驿使，寄与陇头人。江南无所有，聊赠一枝春。"

【译文】

我独自倚着东边小楼的栏杆环顾，只见荷花已经落尽，天空倒映在水中。黄昏时分，秋风渐起，水天相接，烟波无际。一对燕子背着我向云边飞去，心头的离思，亦随烟波荡漾而起。

大雪把通往长安的道路都堵住了，看来这浮沤般的人生，只应该在酒杯前老去。我想老朋友也天天登高望远，思念着我，即使道远雪阻，他也一定会给我寄赠一枝江南报春的早梅。

【点评】

这首词是寄赠友人之作。上片写主人公傍晚时分，在小楼上欣赏秋景，当年的江南花落燕飞，春色无际。下片写眼前的冬日长安，想见江南春景而不可得，只能期待故人寄来的梅枝。

词作意境深远，含蓄地表达了因触犯王安石而被撤职的愁苦孤寂，同时又渴望得到帮助的心情。

水调歌头

徐州中秋

苏 辙

离别亦何久，七度过中秋。去年东武①今夕，明月不胜愁。岂意彭城②山下，同泛清河古汴③，船上载《凉州》④。鼓吹助清

名师指津

秋风江上，日暮远望，水天相接，烟波无际；客愁离思，亦随烟波荡漾而起。此处视野开阔，而所见秋风残荷、落日沧波等外景，则透露出苍茫萧索的情调。

名师释疑

浮沤（òu）：水面上的泡沫。

名师指津

"同泛清河古汴"本来是欢乐的，然"船上载《凉州》"却从听觉里显露出悲凉；"鼓吹助清赏"让人高兴不已，"鸿雁起汀洲"，又从视觉中引发了大雁南归的惆怅。

赏⑤，鸿雁起汀洲⑥。

坐中客，翠羽帔，紫绮裘。素娥⑦无赖，西去曾不为人留。今夜清尊对客，明夜孤帆水驿，依旧照离忧。但恐同王粲，相对永登楼。

名师释疑

王粲：东汉文学家。因战乱依刘表，不为所用，登当阳（湖北）城楼，作《登楼赋》抒发离乡日久、功业难成的感慨。

名师指津

离别之长、之痛，兄弟之间的怀念之情，这在兄长上年当晚，在山东密州（即东武）的词中，我们已经感受到了；好在此年此晚，他们又相聚于彭城（徐州），泛舟"清河古汴"，又有音乐和美酒相伴，何等惬意！然在惬意之中，已经蕴含着离别的凄楚和依依惜别的深情。

【作者简介】

苏辙（1039—1112），字子由，自号颍滨遗老，眉州眉山人，苏洵子。嘉祐二年（1057），与兄苏轼同登进士科。累官御史中丞、尚书右丞、门下侍郎等职，后因事出知汝州，再谪雷州，移循州。徽宗立，徙永州、岳州，又复太中大夫，再谪许州。

善文辞，"唐宋八大家"之一。与父苏洵、兄苏轼合称"三苏"。著有《栾城集》《栾城后集》《栾城三集》和《栾城应诏集》。

【注释】

①东武：即密州（今山东诸城）。

②彭城：即今江苏徐州。

③清河古汴：徐州护城河上接古汴河，下连古泗水，属于清河。

④《凉州》：指《凉州曲》。唐开元中自凉州传入内地。

⑤清赏：赏明月。

⑥汀洲：水中平地。

⑦素娥：代指月亮。

【译文】

我们兄弟相别已经很久了，不知不觉中度过了七个春秋。去年在东武的这个晚上，兄长遥望明月，不胜感伤。哪曾想到现在我们竟然来到这彭城山下，一起在清河古汴上泛舟，船上弹奏《凉州曲》。悠悠的古曲助我们共同欣赏明月，不时还惊起只只鸿雁从水中沙洲上飞起。

座中的客人身上穿着华丽的衣服。月亮如此的无情，不肯为人而滞留。今天晚上我们还能一起饮酒赏月，明晚却又要孤独地住在船上，明月下你我离愁依旧。就怕像王粲那样，不得返乡，只能登楼相望，怀念古国乡土。

【点评】

这首词作于神宗熙宁十年（1077）中秋节。时苏辙同苏轼分别七年，相聚在彭城。在泛舟赏月时，作者写下此词。

上片，开门见山，叙写离愁。开头两句点明分别的时长，暗含思念之深。"去年"两句回忆去年，苏轼在密州东武过中秋时，曾写《水调歌头》，表达了无尽的别愁。从"岂意彭城山下"至上片句末，描写了今日欢聚的愉快之情。"岂意"隐含无限惊喜，但《凉州》古曲中又流露出忧愁和悲凉之情。下片，情景交融，极力渲染哀怨气氛。"素娥"两句，写人惜月而月无情。"今夜"三句，写人惜人，人却不能留的苦楚。结尾用王粲登楼作《登楼赋》的典故，表达自己愿与兄一同隐退归乡、共享天伦的夙愿。

整首词的感情基调比较低沉，却情真意切。况周颐赞："真字是词骨。情真、景真，所作必佳，且易脱稿。"

◀名师释疑▶

夙（sù）愿：又作宿愿，意为一向怀着的愿望，平素的心愿。

减字木兰花

竞渡①

黄 裳

红旗高举,飞出深深杨柳渚②。鼓击春雷,直破烟波远远回③。欢声震地,惊退万人争战气。金碧楼西,衔得锦标第一归。

> **名师指津**
> "飞出深深杨柳渚"将舟拟比作鸟类,"飞"字形象生动地写出了群舟竞发时的速度之快。

【作者简介】

黄裳(1044—1130),字勉仲,延平(今福建南平)人。神宗元丰五年(1082),举进士第。徽宗政和年间,曾任福州知府,官至端明殿学士、礼部尚书。有《演山词》,存词五十三首。

【注释】

①竞渡:我国南方民间的赛龙舟习俗。

②渚:水中小洲。

③远远回:极言龙舟速度之快。

【译文】

一艘艘高高飘扬着红旗的龙舟从长着茂密杨柳的小洲深处飞驶而出。擂鼓声如春雷般响亮,条条龙舟,勇往直前,冲破宁静的水面,形成一片烟雾,又从远处破浪折回。

击鼓声、呐喊声、欢呼声,响声惊天动地。龙舟竞争激烈如同打仗,看得观众目瞪口呆。装饰得金碧辉煌的楼宇西边是获胜者的领奖处,夺得冠军的龙舟将锦旗插在高昂的龙嘴里第一个归来。

> **名师释疑**
> 目瞪口呆:形容因吃惊或害怕而发愣的样子。

【点评】

作者描写了端午节龙舟竞渡的场面。上片泛写赛龙,似见其色、观其形、闻其声。"飞""破"二字凸显气势。下片专写人们的情绪,观赛者"欢声震地",参赛者大振"战气"。"惊"字渲染了竞渡时的紧张和高昂;"衔"字写出了得胜者的喜悦与得意。

这首词,内容虽是俗题、俗事,却淡隽、直率、不涉俗。既有《风》《雅》之范,又兼歌谣之风。在风格上,明朗、简洁、通畅。

念奴娇

黄庭坚

八月十七日,同诸甥待月。有客孙彦立者,善吹笛,有名酒酌之①。

断虹霁雨②,净秋空、山染修眉新绿。桂影扶疏③,谁便道、今夕清辉不足?万里青天,姮娥④何处?驾此一轮玉。寒光零乱,为谁偏照醽醁⑤?

年少⑥从我追游,晚凉幽径,绕张园森木。共倒金荷,家万里、难得尊前相属⑦。老子⑧平生,江南江北,最爱临风曲。孙郎⑨微笑,坐来⑩声喷霜竹。

【作者简介】

黄庭坚(1045—1105),字鲁直,自号山谷道人,晚年号涪翁。洪州分宁(今江西修水县)人。英宗治平四年进士,任叶县尉。

名师指津

词人不说"秋空净",而曰"净秋空",笔势飞动,写出了烟消云散、玉宇为之澄清的动态感。

◁ 名师释疑

声喷霜竹:乐声从笛子中迸发出来。霜竹,寒笛。

51

神宗元丰元年,写信给苏轼表示敬仰之情,苏轼回信,从此缔交。在北宋新旧党争中,两次被贬,死于宜州(今广西宜山)贬所。

诗与苏轼齐名,是江西诗派的主要人物。词与秦观齐名,词风却完全不同。少年时多作艳词,晚年时词风接近苏轼词。著有《山谷词》。

【注释】

①汲古阁本《山谷词》题作"八月十八日,同诸甥步自永安城楼,过张宽夫园,待月。偶有名酒,因以金荷酌众客。客有孙彦立,善吹笛。援笔作乐府长短句,文不加点。"金荷:形状如荷叶的金酒杯。

②霁雨:雨止。

③桂影扶疏:月中的桂树影,显得枝叶茂密。

④姮娥:即嫦娥。

⑤醽醁(líng lù):美酒名。

⑥年少:指小序中的"诸甥"。

⑦尊前相属(zhǔ):举杯祝酒。

⑧老子:作者自称。

⑨孙郎:指孙彦立。

⑩坐来:登时。

【译文】

雨后初晴,一道彩虹横挂在天边,秋空如洗,青山像是染过新绿的长眉。月亮中的桂树影子如此清晰,谁能说今夜月光不明亮?晴空万里,嫦娥从哪里驾驶着这轮明月缓缓升起,驰骋长空?

月光冷峻凌乱，斜照这醽醁美酒又是为谁呢？

凉风微拂的秋夜，诸甥跟着我在张园里树木森蔚的小路上漫步绕行。家在万里之外的座客都将酒倒在荷叶状的金酒杯中，为良时难得而举杯庆祝。我平生浪迹大江南北，最惬意的是临风听笛，对其他不太介意。孙彦立感遇知音，立即迸发出了悠扬的笛声。

【点评】

这首词以豪迈见长，《苕溪渔隐丛话后集》称："山谷云……或以为可继东坡赤壁之歌云。"在内容上，作者借秋夜饮酒赏月和听孙郎吹笛，抒发出从黔州（今四川彭水县）贬到戎州（今四川宜宾县）的旷达胸襟。

清平乐

晚 春

黄庭坚

春归何处？寂寞无行路。若有人知春去处，唤取归来同住。

春无踪迹谁知？除非问取①黄鹂。百啭无人能解，因风②飞过蔷薇。

【注释】

①问取：问。

②因风：随风。

【译文】

春天到哪里去了？它消失得无影无踪，以致归去的道路无迹

名师指津

作者将春拟人化，起句发问，既点明寻春、惜春之意，又透出爱春、伤春之情。

名师释疑

啭（zhuàn）：鸟婉转地鸣叫。

可循。如果有人知道春天到哪里去了，赶紧召唤它回来与我同住。

春天无声无息地消逝了，它的踪迹谁又知晓呢？除非去问飞来飞去的黄鹂，它可能知晓。可是谁又听懂它婉转多变的叫声呢？黄鹂随着风势飞过了蔷薇花丛，春天确实回不来了。

【点评】

这首词写送春，却不伤春。与王观《卜算子》的"若到江南赶上春，千万和春住"类似，都写留不住春。不过，此词更加含蓄，以黄鹂百啭暗指逝去的春光不再来。

定 风 波

次高左藏①使君②韵

黄庭坚

万里黔中③一漏天，屋居终日似乘船。及至重阳天也霁，催醉，鬼门关④外蜀江⑤前。

莫笑老翁犹气岸，君看，几人黄菊上华颠⑥？戏马台⑦南追两谢，驰射，风流犹拍古人肩。

名师指津

这几句在意境上与前两句反差极大：词人贬官边陲蛮荒之地，日久难见天日，而今终于来到"鬼门关"外，临江把盏，天霁山晴。暗喻词人冲破愁城进入豁达境界。

名师指津

两谢指谢瞻和谢灵运。

【注释】

①高左藏：作者友人。

②使君：古时对州郡长官的尊称。

③黔中：古郡名，治所在今重庆彭水县。

④鬼门关：即石门关，在重庆奉节县东。

⑤蜀江：指流经彭水县的乌江段。

⑥华颠：白头。

⑦戏马台：台名，项羽所筑，在今江苏徐州。

【译文】

万里黔中大地好像是天漏了，雨淅淅沥沥下个不停。居住的房屋四周大水弥漫，好像船在水中。到了重阳节终于雨过天晴，便与友人一起到郊外秋游，我们在鬼门关外的蜀江前开怀畅饮。

不要笑老夫我依然心高气傲，你看看有几个人能像我这样，将黄菊戴在白发苍苍的头上。我可以和戏马台大会上吟诗赋词的谢瞻和谢灵运相媲美。纵马驰骋，挽弓射箭，风流豪迈的气度与古人相比一点都不落后。

【点评】

这首词作于黔州贬所。绍圣二年（1096），黄庭坚因《神宗实录》不实，被贬为涪州别驾，黔州安置。这段时间是他一生中最艰苦的时刻。

词作上片描写重阳节醉酒的情景。首两句写秋天阴雨绵绵，困在居室不能外出。接着写重阳佳节，雨过天晴，作者醉饮狂欢庆贺。下片抒情，表达了一种积极向上的精神。并以李白自比，有一种老当益壮的壮志豪情。用戏马台的典故，自赞风流才华，堪比两谢及古人。

整首词内容上借景抒情，托物言志。语言上生动形象，洒脱豪迈。结构上先抑后扬，层层递进。

▌名师释疑

媲（pì）美：美（好）的程度差不多，比美。

诉衷情

黄庭坚

在戎州登临胜景,未尝不歌渔父家风①,以谢江山。门生请问:"先生家风如何?"为拟金华道人②作此章。

一波才动万波随,蓑笠一钩丝。金鳞正在深处,千尺也须垂。

吞又吐,信还疑,上钩迟。水寒江静,满目青山,载月明归。

【注释】

①渔父家风:指继承张志和《渔歌子》的风格。

②金华道人:唐代词人张志和,东阳金华人。因事被贬,隐居不仕。

【译文】

月明星稀,在万顷澄澈的碧波之下,水波粼粼,一位身穿蓑衣的渔翁正在临渊设饵钓鱼,钓丝一动万随,引动水面阵阵涟漪。金鳞躲藏在湖底深处沉沦不起,为取水下金鳞,渔翁不得不垂下千尺钓线。

水底的金鳞绕着钓钩来回游动,又禁不住钩上的鱼饵,不时地吞一口钓钩,可是马上又吐了出来,将信将疑地迟迟不肯上钩。此时万籁俱寂,朗月洒照清江,一片青山在目,鱼吐出钓钩而倏逝,渔翁陶然忘机,也在明月的照耀下驾船而去。

名师指津

此句描绘出一幅寒江独钓图,一碧万顷,波光粼粼,有孤舟蓑笠翁,浮游其上,置身天地之间,垂钓于重渊深处,钩入水动,波纹四起,环环相随。

名师释疑

倏(shū)逝:极快地消失。

【点评】

　　这首词充满禅理，作于黄庭坚晚年的戎州贬所。从小序可知，这是一首托物言志的词作。全词动静结合，衬托无人之境。水底的游鱼，不食鱼饵，渔翁又不得鱼。忽见，月洒江面，青山倒映，令人心旷神怡，超脱尘世。鱼和渔翁各自随缘而行。词中，作者以老翁自况，反映了一种超脱的境界。

　　这首词来源于唐代船子和尚德诚禅师的《拨棹歌》，并有所增益。词的意境，有一种空灵淡泊、虚融清静之感。在写法上，因景生情，暗含乐情，深藏禅理。清刘熙载称："唐诗以情韵气格胜，宋苏、黄以意胜。"

青门饮

寄宠人[①]

时　彦

　　胡马嘶风[②]，汉旗[③]翻雪，彤云又吐，<u>一竿残照。古木连空，乱山无数，行尽暮沙衰草</u>。星斗横幽馆，夜无眠灯花空老。雾浓香鸭[④]，冰凝泪烛，霜天难晓。

　　长记小妆[⑤]才了，一杯未尽，离杯多少。醉里秋波，梦中朝雨，都是醒时烦恼。料有牵情[⑥]处，忍思量耳边曾道。甚时跃马归来，认得迎门轻笑。

【作者简介】

　　时彦（？—1107），字邦彦，开封（今河南开封）人。神宗

名师指津

"一竿残照"，是形容残日离地平线很近。借着夕阳余晖，只见一片广阔荒寒的景象，老树枯枝纵横，山峦错杂堆叠；行行重行行，暮色沉沉，唯有近处的平沙衰草，尚可辨认。

元丰二年（1079），进士及第。曾任开封尹，累官至吏部尚书。

【注释】

①宠人：指爱妾。

②嘶风：迎风嘶叫。

③汉旗：指北宋王朝的旗帜。

④香鸭：鸭形的熏香炉子。

⑤小妆：随意梳妆。

⑥牵情：恋恋不舍。

【译文】

胡马迎风嘶鸣，大宋王朝的旗帜在风雪中飘扬，傍晚日落时西天涌上红霞，夕阳距离地面仅一竿之远，即将沉落于地平线之下。高高的古树耸入天空，重重的山峦连绵起伏，暮色中我行走在黄沙衰草中。夜晚宿于客舍中，抬头只见星斗横空，彻夜难以入眠，只见灯花结了又结，也懒得去剪掉它。鸭型香炉中升起浓浓的烟雾，烛泪化作冰条，冷凄凄的夜晚何时才到拂晓。

常常记起你简单梳妆后送我的情景，一杯没有喝完，多少离愁已经涌上心头。酒醉时含情脉脉的秋波，梦里的云雨相欢，都让我醒来有无尽的烦恼。最令我恋恋不舍的是，想起你临别时对我的叮嘱：当我跃马归来之日，你将欣然迎接。

【点评】

这首词虚实结合。先描写实景，即一幅沙漠风光。又想起醉梦中的情景，即虚景。在写作手法上，细致入微，用别后的愁思衬托别前的难舍，生动活泼，变化多端。

千秋岁

次韵少游见赠①

孔平仲

春风湖外，红杏花初退。孤馆静，愁肠碎。泪余痕在枕，别久香销带。新睡起，小园戏蝶飞成对。

惆怅人谁会，随处聊倾盖②。情暂遣，心何在。锦书消息断，玉漏花阴改。迟日暮，仙山杳杳空云海。

名师指津

既写残败的春景，又写孤独的春愁。以情观景，即景生情。

【作者简介】

孔平仲，字毅甫，清江（今江西清江）人。曾任衡阳太守等职，与秦观交好。有《清江集》，今存一首。

【注释】

①次韵少游见赠：秦观被贬时曾作《千秋岁》，这首便是孔平仲的和词。

②倾盖：停下车子。

【译文】

湖面上春风阵阵来，红杏花儿已开败。旅馆中冷冷清清，我独自一人宿于其中，愁肠寸断。孤寂悲愁，枕上留下点点泪痕，衣带上的香气也渐渐地消逝了。昼眠醒来，看到园子中成对双飞的蝴蝶，很是羡慕。

惆怅的人能与谁相会呢？只能随意地停下车子。思念的感情可以暂时留下，可是心又往何处呢？与友人来往的书信也已经断了，约定的日期也更改了。日暮下，眼前只剩下一片空蒙的云海。

【点评】

作者依秦词韵字，描写春天在贬所的愁思。上片既写残败的春景，又写孤独的春愁。以情观景，即景生情。下片继续写愁思，一句"惆怅人谁会"，是心灵的呼唤；"随处聊倾盖"是感情的驱遣。只是愁情无法驱散，心神仍不安，令人心焦。眼前的云海，一片朦胧，扑朔迷离。

名师释疑

扑朔迷离：指难辨兔的雌雄。形容事情错综复杂，难以辨别清楚。

名师指津

"恋"字用拟人法赋落花以深情。花尚不忍辞树而留恋芳时，人的心情更可想而知了。春天将去的时候，落花有离树之愁，人也有惜春之愁，这"愁无比"三字，尽言二愁。如此深愁，既难排遣，故而词人将它连同春天一道付与了东流的逝水。

渔家傲

朱 服

小雨纤纤风细细，万家杨柳青烟里。恋树湿花飞不起。愁无际，和春付与东流水。

九十光阴①能有几？金龟②解尽留无计。寄语东阳③沽酒市，拼一醉，而今乐事他年泪。

【作者简介】

朱服（1048—?），字行中，湖州乌程（今浙江吴兴）人。宋神宗熙宁六年（1073）进士，累官礼部侍郎、知广州。因与苏轼交好，贬为海州（今江苏灌云县）团练副使。他以词见长。

【注释】

①九十光阴：指春天，春季为九十天。

②金龟：古人所佩带的饰物。典出李白《对酒忆贺监诗序》：

"太子宾客贺公，于长安紫极宫一见余，呼余为谪仙人，因解金龟，换酒为乐。"

③东阳：郡名，在今浙江金华。

【译文】

细雨霏霏，微风习习，千家万户笼罩在杨柳的青烟绿雾之中。被雨水打湿的花朵好像是恋着树枝，怎么也不肯飞去。我的忧愁无边无际，连带着春光都付与东流之水而消失了。

九十天的美好春光能有几回呢？我将满身佩戴的珍贵的饰品都解下来换取美酒佳肴，希望把春天留住，可是却留不住。告诉那东阳城市场上卖酒的人，我如今只求一醉，哪怕以后会难过流泪。

【点评】

这首词作于贬所东阳郡斋，是作者借春抒发愁绪、感慨人生的作品。

上片描写了一幅春日景象。小雨、微风、柳絮，措辞不同，情感不同。"愁"字，由景入情，希望愁思与春景一起流走。下片写作者感慨春光短暂，不如及时行乐，情感上出现了逆转。用身上所有值钱的东西，去换酒买醉。"拼"字，又写出了内心的矛盾和痛苦，却渴望清醒。未醉已预见到，以后回忆起今天的苦中作乐，必定更加伤心。结尾"而今乐事他年泪"令人震撼，不仅道出真情，而且令人警醒，可谓点睛之笔，<u>独具匠心</u>。

◀名师释疑▶

独具匠心：具有独到的灵巧的心思。指在技巧和艺术方面的创造性。匠心，巧妙的心思。

望 海 潮

秦 观

梅英①疏淡，冰澌②溶泄，东风暗换年华。金谷③俊游，铜驼④巷陌，新晴细履⑤平沙。长记误随车，正絮翻蝶舞，芳思交加⑥。柳下桃蹊⑦，乱分春色到人家。

西园⑧夜饮鸣笳⑨，有华灯碍月，飞盖⑩妨花。兰苑未空，行人⑪渐老，重来是事堪嗟。烟暝酒旗斜，但倚楼极目，时见栖鸦。无奈归心，暗随流水到天涯。

名师指津

东风吹起，不知不觉又换了岁月，感叹年华易逝。

名师指津

上片结句"到人家"与这里结句"到天涯"相呼应。周济曰："两两相形，以整见劲，以两'到'字作眼，点出'换'字精神。"（《宋四家词选》）。

【作者简介】

秦观（1049—1100），字太虚，后字少游，江苏高邮人。宋神宗元丰八年进士，哲宗元祐初年，经苏轼推荐，任秘书省正字、国史院编修官。绍圣初年，因与苏轼交往获罪，被贬至郴州、雷州等地。元符三年受命还，到藤州（今广西藤县）去世。有《淮海居士长短句》三卷。

秦观的诗清新自然，反映民间疾苦、官吏凶残。他擅长写赋，词受南唐和柳永的影响，以长调抒写柔情。李清照称赞："词别是一家，知之者少，后晏叔原、贺方回、秦少游、黄鲁直出，始能知之。"

【注释】

①梅英：即梅花。

②冰澌（sī）：初凝或初融之冰。澌，流水。

③金谷：即金谷园，在洛阳城西。

④铜驼：指铜驼街。汉代洛阳宫门南西会道口，有二铜驼夹道相对，后称铜驼街。

⑤履：本指鞋子，这里用作动词，意为行走。

⑥交加：杂乱纷多。

⑦柳下桃蹊：飞絮落红飘聚之处，是"春色"之所在。出自《史记》："桃李不言，下自成蹊。"

⑧西园：曹操在邺都（今河北临漳县）建铜雀园，又名西园。本词指汴京城西金明池、琼林苑。

⑨笳：胡笳，传自北方少数民族的一种乐器。

⑩盖：指车篷，借指为车子。

⑪行人：作者自指。

名师指津

桃树、李树有芬芳的花朵、甜美的果实，虽然不会说话，但仍然能吸引许多人到树下赏花尝果，以至于树下走出一条小路来。比喻为人诚挚，自会有强烈的感召力而深得人心。

【译文】

初春的东风吹来，梅花渐渐变少，颜色渐淡，河冰渐渐溶解泄流。回想当年，在金谷园雅游胜地和铜驼街等地，经常有我的身影。初春的晴日，我会在郊外绿草未生的平野上散步。有时因为贪恋美女，会错跟上别人家的车子。春意正浓，柳絮飞舞，彩蝶翩翩起舞，春色引起我无尽的情思。处处飞絮落红，春色散布于家家户户。

晚上在西园饮酒欢会，听着胡笳吹奏的动听曲子。园中华美明亮的灯光使月光为之减色。车子飞快地来往，盖子不断碰撞着路边的花枝。如今故地重游，西园里依旧热闹繁华，而我却已经衰老了，往事让人哀叹不已。我倚着楼栏放眼望去，暮色笼罩下酒旗斜挂，三三两两的乌鸦飞回林中栖息。不由得思归之心涌上心头，暗暗地随着流水流向天涯。

【点评】

　　这首词借回忆重游汴京西园，细致描绘了自己在春日郊游时的艳遇，记叙了在西园夜宴。用"东风暗换年华""重来是事堪嗟"，点出不得志的境况和有家不能归的苦闷。

　　上片先写初春时节，旧地重游，追忆往事，寓情于景。"金谷"三句，描写当年漫游汴京。"长记"二字回忆在迷离的春色中，"误随车"，"乱分春色到人家"。下片写春夜游园。"碍""妨"化静为动，"兰苑"三句承上启下，与上片"暗换"呼应。"烟暝"两句，写重游此地，看到一片萧条，百感交集，是对"堪嗟"的具体说明。末句是无可奈何，思乡之情油然而生。

满 庭 芳

秦　观

　　山抹微云，天粘[1]衰草，画角声断谯门[2]。暂停征棹，聊共引离尊[3]。多少蓬莱旧事[4]，空回首、烟霭纷纷。斜阳外，寒鸦万点，流水绕孤村。

　　销魂。当此际，香囊暗解，罗带轻分。谩赢得、青楼薄幸名存。此去何时见也，襟袖上、空惹啼痕。伤情处，高城望断，灯火已黄昏。

【名师指津】起拍开端"山抹微云，天粘衰草"，雅俗共赏，只此一个对句，便足以流芳词史了。一个"抹"字出语新奇，别有意趣。

【注释】

①粘：一作"连"，紧贴，相连。

②谯门：谯楼。古代建筑在城门上的高楼，用来瞭望敌情。下为门，上为楼，亦称鼓楼。

③引离尊：饯别时连续不停地举杯相属。

④蓬莱旧事：指过去的恋爱往事。

【译文】

远山抹着淡淡的白云，衰草漫地与天相连，城楼上的画角声已经消失。暂时停下远行的船，一起端起酒杯共饮离别之酒。多少美好的往事，只能空自追忆，都已如烟云一样纷纷飘散。夕阳下，千万只寒鸦在飞舞，江水绕过一片孤村向远方流去。

黯然销魂，她就要走了，我暗暗解下佩带的香囊作为纪念送给她，她也轻轻解开罗带打成同心结与我送别。这一去，我在青楼里落得个薄情郎的名声。这一去什么时候才能相见，襟袖上白白落下泪痕。正当我悲伤时，船远去了，回头远望，已经看不见高城，更看不到城中之人，天已是黄昏时分了。

【点评】

这是一首抒情词，寄托自己的怀才不遇。上片，开头回首往事，引出离别。"斜阳外"三句，加深了离别的凄凉。下片"销魂"四句，暗示离别。以物赠别，依依不舍。"谩赢"两句，点明了对方身份。"此去何时见也"，因设问得不到答复，只有空添泪痕。最后三句，以景点明主旨。

这首词盛行当时，苏轼称秦观为"山抹微云君"，认为此词受柳永影响，"不意别后，公却学柳七作词"。从情感上看，本词有浓浓的感伤气息；从音乐上说，从容不迫，气度安详。语言工整，平易自然，颇能代表秦观风格。

鹊 桥 仙

七 夕

秦 观

纤云弄巧①，飞星②传恨，银汉迢迢暗度。金风玉露③一相逢，便胜却人间无数。

柔情似水，佳期如梦，忍顾鹊桥归路？两情若是久长时，又岂在朝朝暮暮。

【注释】

①纤云弄巧：纤薄的云彩，变化多端，做弄出许多细巧的花样。

②飞星：指牵牛、织女两星。

③金风玉露：化用李密《淮阳感秋》："金风飔初节，玉露凋晚林。"金风，秋风，秋天在五行中属金。玉露，秋露。

【译文】

纤细的云彩变幻出美丽的花样，飞驰的流星仿佛传递着离愁别恨。牵牛星和织女星悄悄地渡过宽阔的银河。在金风送爽、露珠如玉的夜晚，他们相见了，这一刻的相逢胜过人世间无数次的相会。

温柔的情意就像无声的流水一样缠绵，短暂的相聚如梦境一

名师指津

词一开始即写"纤云弄巧"，轻柔多姿的云彩，变化出许多优美巧妙的图案，显示出织女的手艺何其精巧绝伦。可是，这样美好的人儿，却不能与自己心爱的人共同过美好的生活。"飞星传恨"，那些闪亮的星星仿佛都传递着他们的离愁别恨，正飞驰长空。

般美好。不忍心回头看他们分手归去的路途。如果两个人的爱情真正是彼此真诚相爱,地久天长,又何必非要朝朝暮暮厮守在一起呢?

【点评】

　　这首词写七夕牛郎织女相会。上片写七夕节的所见所思,由星汉迢迢联系到天长地久。活泼灵动,情高意深。下片想象牛郎织女的相会,难舍难分。末两句点明主旨,认为两情是否长久与朝暮相处没有关系。

浣 溪 沙

秦 观

漠漠①轻寒上小楼,晓阴无赖②似穷秋③,淡烟流水④画屏幽⑤。自在飞花轻似梦,无边丝雨细如愁,宝帘闲挂⑥小银钩。

【注释】

①漠漠:弥漫的样子。

②无赖:犹无奈,无可奈何。

③穷秋:指深秋。

④淡烟流水:淡淡的烟霭,轻轻的流水。

⑤幽:意境悠远。

⑥闲挂:很随意地挂着。

【名师指津】

词的起调很轻,很淡,而于轻淡中带着作者极为纤细敏锐的一种心灵上的感受。"漠漠轻寒",似雾如烟,以"漠漠"二字表现出上小楼的轻寒,给春寒萧索的清晨带来寥廓冷落的气氛。

【译文】

　　漫漫的春寒无声无息地弥漫了小楼,令人讨厌的阴云没有散

名师释疑

烟霭（ǎi）：烟雾，指云雾、烟气等。

开，清晨的天气冷得像深秋的一般。画屏上烟霭淡淡，流水悠悠，景色悠远。

自由自在的飞花轻盈得好像夜里的美梦，天空飘洒的雨丝细密得好像心中的忧愁，很随意地用小银钩把缀着珠宝的帘子轻轻挂起。

【点评】

这首词刻画了女子的哀愁和寂寞之情。上片以屏风上的淡烟流水，衬托清晨的清寒如秋。下片将眼前的景象细致地勾勒出来。用"梦""愁"形容飞花、丝雨，空灵无比。末句表现了作者的闲情逸致。

全词意境悠闲，结构巧妙，一咏三叹。借气氛的渲染和环境的烘托，展现人物复杂细腻的内心世界。情景交融，含蓄有味，使读者体味到淡淡的忧伤。

如 梦 令

秦 观

名师指津

"鼠窥灯"，既写出环境之静，又写出了环境的寒凉冷清。

遥夜沉沉如水，风紧驿亭①深闭。梦破鼠窥灯，霜送晓寒侵被。无寐，无寐，门外马嘶人起。

【注释】

①驿亭：旅途歇宿的处所。

【译文】

夜色苍茫，像水一样的深沉，寒风阵阵紧吹，旅店的门紧紧关闭着。我在睡梦中被惊,只见一只老鼠正在油灯下偷偷地看着我。夜间寒霜浓重,清晨感觉寒气逼人,单薄被子抵不住寒气。躺在被子里怎么也睡不着,驿亭门外马声嘶鸣,早行的人们已经起来了。

【点评】

这首词作于秦观被贬奔走途中。秦观从被贬到病逝有六年时间,其间在各地奔走,贬所离家越来越远。从内容上看,此词描写驿舍夜宿的情景。"鼠窥灯""寒侵被"分别写醒后的所见所感。"马嘶人起"意味着旅途奔波即将开始。

虞美人

秦 观

碧桃①天上栽和露,不是凡花②数。乱山深处水萦回,可惜一枝如画为谁开?

轻寒细雨情何限,不道春难管。为君沉醉又何妨,只怕酒醒时候断人肠。

【注释】

①碧桃:神话中的仙桃。

②凡花:人世间一般的花草。

【译文】

佳人就像那天上的仙桃花,是和玉露栽成的,远非尘世间的鲜花所能比拟。一枝如画的鲜花,开在这乱山深处人迹罕至之地,当然也就无人欣赏了。

名师指津

首句化用唐代诗人高蟾《下第后上永崇高侍郎》:"天上碧桃和露种,日边红杏倚云栽。"

微微的寒风中,绵绵细雨牵动了佳人的无限情思,无奈春光不由人遣,春天宜人的风景也很快从她忧伤的目光底下滑过去。纵使为了报答知遇之君,自己拼却一醉,却只怕在酒醒之后,离别之苦将会令自己肝肠寸断。

【点评】

这首词托物咏怀,自叹身世。词中桃花亦即佳人,暗喻作者自己,象征其高洁品格与不幸遭际。委婉含蓄,物我交融,意在言外。

上片写佳人似花,但独居深处,无人知晓,借桃花表现佳人的天生丽质。又写乱山中的鲜花,因人烟稀少,无人欣赏,表达佳人沦落荒野,不被人识的惆怅和怨恨。下片写佳人感伤青春,离别难聚。绵绵细雨勾起了佳人的无限情思,一醉方休。酒醒后,更令人肠断。从佳人的身上,能看到作者的影子。"只怕酒醒时候断人肠"是作者的辛酸自白。

鹧鸪天

贺 铸

重过阊门[1]万事非,同来何事不同归。梧桐半死[2]清霜后,头白鸳鸯失伴飞。

原上草,露初晞[3],旧栖[4]新垅[5]两依依。空床卧听南窗雨,谁复挑灯夜补衣。

【名师指津】

作者重游故地,想起他死去的妻子,触发伤感之情。全词写得沉痛悲切。"空床"两句追忆他们过去共同生活中的日常细节,短短两句,饱含着深厚的感情,极为动人。

【作者简介】

贺铸(1052—1125),字方回。原籍山阴(今浙江绍兴),

长于卫州（今河南卫辉市），北宋王室外戚。少年时，便有侠肝义胆，关心国事，敢于评判权要。博学强记，遍读唐人遗集，笔端驱使温（庭筠）、李（商隐）。没参加过科举，为衣食所迫担任过吏职。后经李清臣等人推荐，转入文官。晚年退居苏州横塘，自号庆湖遗老。

贺铸生活在宋初老辈词人相继去世、后起之秀正纷露光芒的时代，与苏轼、秦观等人交游，词风也深受影响，以浓丽婉约为主，又有豪放的一面。词集名《东山词》。

【注释】

①阊（chāng）门：苏州古城西门。

②梧桐半死：比喻自己丧偶。

③露初晞（xī）：指妻子刚死不久。晞，干掉。

④旧栖：指以前两人同住的寓居。

⑤垅：指坟墓。

【译文】

再次经过苏州的西城门时，所有事情都变得不同了，你和我一起来，为什么就不能和我一起回去呢？我如同经历清霜后的梧桐树，枯叶零落，半死不活，像失去伴侣的白头鸳鸯，形影相吊，独来独往。

原野上的青草，露珠已经开始干掉。我在旧居和你的新坟之间徘徊，难舍难离。我孤独地躺在床上，寂寞地听着雨点敲打这南面的窗阁，还有谁会再来挑亮灯火，为我缝补衣裳呢？

【点评】

这是一首悼亡词,充满对亡妻的怀念之情。上片起首用"万事非",写出不堪回首的慨恨。下片用"挑灯夜补衣"说明亡妻日夜操劳,甘于清苦。作者对亡妻的悼念,在现实生活的映衬下,更加真挚动人。

捣练子

贺 铸

收锦字^①,下鸳机。净拂床砧^②夜捣衣。
马上少年^③今健否?过瓜时^④见雁南归。

名师指津

此处用典。前秦时期,秦州刺史窦滔流放在外,与妻子苏蕙天各一方,妻子苏蕙为了表达自己对丈夫的思念之情,在锦缎上织上回文诗。

【注释】

①锦字:织在锦缎上的字。旧时指妻子寄给丈夫的书信。

②床砧(zhēn):床即支撑捣衣石的架子,砧是指捣衣石。

③马上少年:指征人,即织妇丈夫。

④瓜时:代指征人服役期满换人来接替的时间。

【译文】

傍晚,忙碌了一天的妻子收起织好的锦字回文诗,走下了雕着鸳字的织机。夜晚,她又擦干净支撑捣衣石的架子和捣衣石,为远在边疆的丈夫捣衣。

征战边疆的丈夫还平安健康吗?丈夫服役已经期满,该换人接替,但却只见雁儿南归,不见他回来。

【点评】

"收锦字"三句描写思妇的日常活动,"收""下""拂""捣"几个动词,将一个勤劳辛苦、贤惠多情的少女形象勾勒得非常立体、饱满。"马上"两句描写的是思妇的精神世界与心理活动。思妇一边捣衣,一边为远征的丈夫担心:他如今可还健康平安?为什么服役期限已过却只见大雁南归,不见丈夫归来呢?表达了闺中少妇对征夫的无限挂念。

捣练子

贺 铸

斜月下,北风前。万杵①千砧捣欲穿。

不为捣衣勤不睡,破除今夜夜如年。

【注释】

①杵:捶打衣服的棒子。

【译文】

深秋的夜晚,月光斜照着大地,北风送来了阵阵凛冽的寒气。思妇们在为戍边亲人赶制着寒衣,只听见远远近近传来了此起彼伏的砧杵声。

妻子们之所以夜深了还不睡觉,不是为了赶着捣衣而不睡,而是为了消磨夜长如年、难以入睡的思念。

◁ 名师释疑 ▷

凛冽(lǐn liè):极为寒冷,严寒刺骨。常用于形容隆冬时的寒风。

【点评】

　　这首词的语言浅显易懂,自然流畅,继承了乐府诗和民歌的优良传统,语浅意深,真挚感人,震撼人心,笔法上,一波三折,寓意深远,借捣衣抒发思妇对丈夫的无尽思念,将她们内心的孤寂苦楚表现得淋漓尽致。

生查子

贺 铸

西津海鹘舟①,径度沧江雨。双橹本无情,鸦轧②如人语。

挥金陌上郎③,化石山头妇。何物系君心,三岁扶床女。

名师指津

前一句借秋胡戏妻的典故比喻对爱情不忠贞的丈夫。后一句借"望夫石"的典故喻弃妇的忠贞。两句形成鲜明对比,深化了人物性格。

【注释】

①海鹘(hú)舟:指一种快船,行驶时迅速如海鹘。海鹘,鸟名,即海东青,雕的一种。

②鸦轧(yà):即轧轧,象声词。此处指摇橹声。

③陌上郎:指对爱情不忠的丈夫。此典故出自《秋胡行》:鲁国秋胡外出做官五年,归家途中见一女子采桑于陌上,便用金子引诱,被拒。归家后方知该女是相别五年的妻子。

【译文】

　　烟雨之中,一艘快船离开渡口,径直渡过沧江,消失在迷茫的远方。摇船的双橹本是无情之物,可是轧轧的橹声也像人声一样。

　　只恐你成为挥金如土的负心人,而我却宁做望夫之石。还有什么能够让你牵挂的呢？家中还有刚刚能够扶着床沿走路的三岁女儿，你该不会忘了吧？

【点评】

这首词上片写别时情景，下片写别时叮咛。全词运用将物拟人、以物语言己情的手法，以"橹语"批判背信弃义的负心汉，表达了对女子不幸遭遇的深切同情。

青玉案

贺 铸

凌波①不过横塘路，但目送，芳尘②去。锦瑟华年③谁与度？月桥花院，琐窗④朱户，只有春知处。

飞云冉冉⑤蘅皋⑥暮，彩笔⑦新题断肠句。试问闲愁都几许？一川烟草，满城风絮，梅子黄时雨。

【注释】

①凌波：形容女子步履轻盈。

②芳尘：美人经过之处扬起的飞尘。此处借指美人。

③锦瑟华年：指美好的青春时代。锦瑟，绘着彩色花纹的瑟。

④琐窗：雕绘着连环形花纹的窗子。

⑤冉冉：流动貌。

⑥蘅皋：长着香草的沼泽。

⑦彩笔：南朝江淹曾梦见郭璞向他索笔，江淹从怀中取出五色笔给他。后来用彩笔作为文笔的美称。

名师指津

这里是说美人的脚步在横塘前匆匆走过，作者只有遥遥地目送她的倩影渐行渐远。基于这种可望而不可即的遗憾，作者展开丰富的想象，推测那位美妙的佳人是怎样生活的，借以引出下文。

【译文】

那美丽动人、步履轻盈的女子再也不会经过横塘来与我相会了，我只有目送她离去。这样美好的青春年华，是谁与她共同度过呢？在那修有月桥和种满鲜花的院子里，朱红色的大门映着美丽的琐窗。只有春光还能探知这女子的生活。

天上的云彩在空中徐徐流动，长着香草的高地在暮色中若隐若现。因美人不再与我相会，我提笔抒怀，但空有肠断魂销之句。如果问我的闲愁有多少呀，就像那烟雨一川的青草，就像那随风飘转的柳絮，就像那梅子黄时的雨水一样无穷无尽。

【点评】

这首词被誉为"绝唱"，作者也因此被称为"贺梅子"。

全词辞藻华丽，立意新奇，抒发"望美人兮不来"的"闲愁"。上片写美人走后，月桥花院、琐窗朱户都不见其踪迹。怅惘之余，感叹年华虚度，将希望寄托在春天身上。下片写春日迟暮，望而不来，闲愁愈深，发出"都几许"的疑问，引出下文。末三句寓情于景，赞誉甚高。描写横塘路上的春天景致，引起"锦瑟华年"的感叹。二三月是"一川烟草"，三四月是"满城风絮"，四五月是"梅子黄时雨"。闲愁又多又长，令"谁与度"更耐人寻味。

六州歌头

贺　铸

少年侠气，交结五都①雄。肝胆洞②，毛发耸③。立谈中，

名师释疑
步履轻盈：形容脚步轻盈，走路很快。

名师指津
此句化用李白"结发未识事，所交尽豪雄"及李益"侠气五都少"诗句。

死生同，一诺千金重。推翘勇，矜④豪纵。轻盖拥，联飞鞚⑤，斗城东。轰饮酒垆，春色浮寒瓮⑥，吸海垂虹。间呼鹰嗾⑦犬，白羽摘雕弓。狡穴俄空。乐匆匆。

似黄粱梦，辞丹凤，明月共，漾孤篷。官冗从，怀倥偬⑧，落尘笼⑨，簿书丛⑩，鹖弁⑪如云众。供粗用，忽奇功，笳鼓动⑫，渔阳弄⑬，思悲翁⑭。不请长缨，系取天骄种，剑吼西风。恨登山临水，手寄七弦桐⑮，目送归鸿。

名师指津

"似黄粱梦"自然过渡，承接了上片对过去的回忆，把思绪拉回到现实中。

【注释】

①五都：泛指宋代的大都市。

②肝胆洞：肝胆相照。洞，洞悉。

③毛发耸：形容豪侠气概。

④矜（jīn）：自以为能。

⑤鞚（Kòng）：马笼头，这里借指快马。

⑥寒瓮（wèng）：指酒坛。

⑦嗾（sǒu）：唤狗声。

⑧倥偬（kǒng zǒng）：（事情）急迫匆忙。

⑨尘笼：指仕途。

⑩丛：堆集。

⑪鹖弁（hé biàn）：插有鹖羽的帽子，为武官服饰。这里代指武官。

⑫笳鼓动：笳声、鼓声都是军乐，这里指战争。

⑬渔阳弄：指祢衡所作的《渔阳参挝（zhuā）》鼓曲。

77

⑭思悲翁：汉《铙歌十八曲》之一。这里借指战曲。

⑮桐：指用桐木制的琴。

【译文】

年少时我侠肝义胆，喜欢结交五都豪雄。豪雄们肝胆相照，极富血性和正义感，听到不平之事，即刻怒发冲冠。他们性格豪爽，言谈中就结为生死之交。他们一言既出，驷马难追，他们推崇的是出众的勇敢，又以豪放不羁傲视于人。他们轻车簇拥，联镳驰逐，常到城东郊游，他们喜欢在酒店中豪饮，似乎能把大海喝干。他们有时带着鹰犬到野外去射猎，霎时间便荡平了狡兔的巢穴。可是快乐的时光太过匆忙！

离开京城后在月下泛舟江上，过隐居生活，回思往事，像做了一场梦。我官品卑微，情怀愁苦，落入污浊的官场，不得自由。像我这样武职的官很多，但只做些普通杂事，没有建立功业的机会。忽然边疆笳声、鼓声响起，《渔阳弄》《思悲翁》战曲不断。可是我却不能为国效力，俘获敌人，连宝剑也在西风里怒吼起来。只能登上高山，望着远去的归鸿，弹起七弦琴，借此寄托自己不遇之感。

【点评】

这首词感情慷慨激昂，属豪放词。上片追忆少年时结交游侠，一起痛饮酒家，以骑射为乐。彼此肝胆相照，死生与共。下片感叹往事似梦，如今失意沦落，职位卑微。虽边境有事，却请缨无路。

名师释疑

怒发冲冠：指愤怒得头发直竖，顶着帽子。形容极端愤怒。

请缨（yīng）：比喻主动请求担当重任。

名师指津

指出了造成这种现象的社会原因，暗讽了浪费人才、重文轻武的北宋当权者。

石州慢

贺 铸

薄雨收寒，斜照弄晴，春意空阔。长亭柳色才黄，倚马何人先折？烟横水漫，映带几点归鸿，平沙消尽龙荒[①]雪。犹记出关来，恰如今时节。

将发，画楼芳酒，红泪清歌，便成轻别。回首经年，杳杳音尘都绝。欲知方寸，共有几许新愁？芭蕉不展丁香结[②]。憔悴一天涯，两厌厌[③]风月。

【注释】

①龙荒：即龙沙，指塞外。

②丁香结：丁香花蕾丛生，比喻人的愁思不解。出自李商隐《代赠》："芭蕉不展丁香结，同向春风各自愁。"

③厌（yān）厌：同"恹恹"，烦恼，愁苦。

【译文】

初春天气阴冷，细雨绵绵，午后云开雾散，雨止天晴，春色辽阔无边。长亭边的柳枝刚刚发芽变黄，有人已经先折了一枝送给将要远行的客人。水面上烟雾迷蒙，映衬着几只飞回的大雁，春天的东风已经消融了塞外的大雪。还记得当年出关的时候，也是如今这个时节。

当时我即将出发，你在画楼上设宴为我践行，你泪水涟涟，歌声悲凉，顷刻间我们就各奔东西。而今已经过去一年多了，你

名师指津

"两"字与"共有"相呼应。这两句写得空灵蕴藉，既总括了回首经年，天各一方，两心相念，音信杳然，只有"玉楼明月长相忆"；也说出了关山渺邈，表达了天涯之思，对景难排，心底总隐藏着不灭的思念和期望。

名师释疑

杳（yǎo）无音信：形容信息断绝，了解不到对方的情况。杳，不见踪影，没有迹象。音信，消息，回信。

我杳无音信，没有办法联系。要想知道我心中又新添了多少忧愁，请看那卷着的芭蕉叶和花蕾丛生的丁香。你我天各一方，两地相思，苦闷忧愁。

【点评】

　　这首词上片先写眼前景。用雨初晴点出春意空阔，长亭柳色被远客折下。雁归人不归，自身羁留已久。"犹记"一转，联想到前次出关，两者景物相同，触景生情，心生别恨。下片从"将发"展开，追叙出关之前的芳酒清歌。"便成轻别"点出愁从"别"来。"回首经年"叙述别情，与"犹记"相呼应。用"共有几许"设问，以"芭蕉不展丁香结"作答，一气呵成。末两句表达两地相思。

踏莎行

贺　铸

　　杨柳回塘①，鸳鸯别浦②，绿萍涨断莲舟路。断无蜂蝶慕幽香，红衣③脱尽芳心④苦。

　　返照⑤迎潮，行云带雨，依依似与骚人⑥语。当年不肯嫁春风，无端却被秋风误。

【注释】

①回塘：回环曲折的池塘。

②别浦：江河支流的入水口。

③红衣：红色荷花的花瓣。

④芳心：莲心。

名师指津

荷花在塘浦内自开自谢，只能向想象中的文人墨客诉苦。作者将这种情景表现得淋漓尽致，"美人迟暮之感"自然显现。

⑤返照：夕阳的回光。

⑥骚人：屈原作《离骚》，因称屈原或《楚辞》作者为骚人。后泛指文人墨客。

【译文】

杨柳环绕着回环曲折的池塘，鸳鸯游憩于江水的入口，池塘中长满绿色的浮萍，连采莲小舟来往的路也被遮断了。也没有蜜蜂、蝴蝶慕着荷花的幽香而来，荷花只能在寂寞中褪尽红色的花瓣，只留下莲心的苦闷。

夕阳返照在浦口的晚潮之上，闪耀着粼粼波光，像是迎接晚潮；流动的云彩，似乎还带着雨意，偶尔有几滴溅落荷塘上。多情的荷花好像满怀感情地向骚人墨客倾诉衷肠。当年不肯嫁于春风，如今无端地被秋风给耽误了。

【点评】

这首词是咏荷花之作。作者咏物托情，以荷花喻美人，以美人自喻。

全词巧妙地将咏物、拟人、托寓相结合，虚实相应，神形兼具。"红衣""芳心"系拟人化，将荷花比作有形有感的美女。高洁的荷花耻与群芳为伍，在秋风中自嗟自叹。作者借此托喻自己孤芳自赏和失意寂寞的矛盾心理。陈廷焯《白雨斋词话》说："此词《骚》情《雅》意，哀怨无端，读者亦不自知何以心醉，何以堕泪。"

名师指津

在情中布景，情景交融，动静结合，渲染了深幽荒僻的氛围。

洞 仙 歌

泗州中秋作

晁补之

青烟幂①处，碧海飞金镜。永夜闲阶卧桂影。露凉时，零乱多少寒螀②，神京远，惟有蓝桥③路近。

水晶帘不下，云母屏开，冷浸佳人④淡脂粉。待都将许多明，付与金尊，投晓共流霞⑤倾尽。更携取胡床⑥上南楼⑦，看玉做人间，素秋千顷。

名师指津
首二句化用李白诗中"皎如飞镜临丹阙，绿烟灭尽清辉发"句意，"青烟"指遮蔽月光的云影。

【作者简介】

晁补之（1053—1110），字无咎，济州巨野（今山东县名）人。宋神宗元丰二年（1079），进士及第。曾任秘书省正字、著作郎，后贬谪降官。他是苏轼的门生，词风接近于东坡词。王灼称："晁无咎、黄鲁直（庭坚）皆学东坡，韵制得七八。"有词集名《琴趣外篇》。

【注释】

①幂（mì）：遮盖。

②寒螀（jiāng）：蝉的一种，秋出而鸣。

③蓝桥：今陕西省蓝田县西南蓝溪之上，传说这里有仙窟，窟中有玉兔捣药。这里喻指月宫。

④佳人：这里指席间的女性。

⑤流霞：天上的云霞，借指美酒。

⑥胡床：古代的一种轻便坐具，可以折叠。

⑦南楼：泛指赏月的好地方。

【译文】

夜空像茫茫碧海一样无边无际，一轮明月穿过云层，像一面金镜飞上碧空。长夜里，空阶上投射出桂树的影子。夜深露水变凉时，响起了寒蝉零乱的叫声。神都汴京离我如此的遥远，只有这通往月宫的路离我很近。

夜深了，高高卷起水晶帘子，拉开云母屏风，清凉如水的月光照入室内，宛如浸润着佳人的淡淡脂粉。我要把明月的清辉全部倒入金杯之中，等到拂晓时同着流霞一同饮尽。我还要带上胡床登上南楼，欣赏那白玉一样的人间和清雅的秋景。

【点评】

这是一首赏月词，作于徽宗大观四年（1110）中秋，时作者任泗州知州。

全词天上人间浑然一体，境界阔大，想象丰富，词气雄放。以月起，以月收，首尾呼应。明暗相结合，将月的形神、人对月的爱恋，刻画得细致入微。清人黄蓼园赞："前段从无月看到有月，后段从有月看到月满，层次井井，而词致奇杰。各段俱有新警语，自觉冰魂玉魄，气象万千，兴乃不浅。"

菩萨蛮

赵令畤

春风试手先梅蕊，颗①姿冷艳明沙水。不受众芳知，端须月与期。
清香闲自远，先向钗头②见。雪后燕③瑶池，人间第一枝。

名师指津

这里把月下筵面的高雅素美、赏月兴致的无比浓厚都写到极致。月光本来无形，作者却赋予它形体，要把它"付与金尊"，真奇思妙想也。天晓时分，月尚未落，朝霞已生，将二者同时倾尽，意思是说赏月饮酒，打算直到月落霞消方罢。

名师释疑

瑶池：古代汉族神话传说中昆仑山上的池名，西王母所居之地。

【作者简介】

赵令畤（1061—1134），字德麟，涿郡（今属河北）人，宋太祖次子燕王德昭之玄孙。宋哲宗元祐时，签书颍州公事。因接近苏轼，遭新党排斥。后为右朝请大夫、迁洪州观察使等。绍兴初，袭封安定郡王。

其词凄婉柔丽，极近秦观。曾以十二首《商调蝶恋花》组成一套鼓子词，曲曲敷陈张生、莺莺故事，以金元诸宫调套曲之选声。有《侯鲭录》，《聊复集》今不传，有赵万里辑本。

【注释】

①頩（pīng）：色美。

②钗头：妇女的头饰，多为金玉器。

③燕：同"宴"。

【译文】

春风用它那灵巧的手开启了冰封雪盖的万物，并且最先使梅花吐出了花蕊。它姿色美丽，冷韵幽香，明沙净水与之相伴。梅花不与春芳为伍，只与月亮相伴。

梅花的香气清幽而淡远，女人们最先把梅花连同钗饰插在头上。梅花不畏冰雪，在冰雪中最先向人们报告着春天的信息，如同瑶池仙子一般孤傲。

【点评】

这是一首咏物词佳作。上片起首，仿效贺知章《咏柳》中的"不知细叶谁裁出,二月春风似剪刀",突出"先",表示梅花独占春先。接着描写梅花的冷艳脱俗,用净水、明沙作陪,赞美梅花的高雅,不与众芳为伍,只与明月相伴。下片进一步写梅,写人。先写梅花的清香,笔锋一转,叹道梅首先被美人插在头上。一正一反的写法,凸显了梅的全貌。"先"字再一次点明梅的超凡脱俗,以浪漫主义的想象结束,对梅的赞美达到顶峰。

柳 梢 青

吴 中

仲 殊

岸草平沙。吴王故苑①,柳袅烟斜。雨后寒轻,风前香软,春在梨花。

行人一棹天涯。酒醒处,残阳乱鸦。门外秋千,墙头红粉,深院谁家?

名师指津：这两句紧承上句而来,词人在舟中沿着吴江一路看去,其中所见景物自然是不胜枚举的,但不能一一都写,这里只选取了此景加以刻画,这是有其深意的。

【作者简介】

仲殊,俗姓张,名挥,安州(今湖北安陆)人,曾中进士,因与妻不和,弃家为僧。法名仲殊,字师利,人或称僧挥。因好食蜜,被苏轼戏称"蜜殊"。词风清丽和婉,有《宝月集》,今不传,有赵万里辑本。

【注释】

①吴王故苑：指西施住的宫苑。吴王即夫差。吴王纳西施,筑馆娃宫于灵岩山以居之,即灵岩寺。

【译文】

江岸两旁芳草如茵,草后的细沙平坦如镜。吴王夫差的故苑里柳条细长柔弱,轻烟随风飘浮。一阵春雨之后,寒意袭来,微风过处芳香柔和,原来大好春色正在那千万朵明丽似雪的梨花上。

小船疾驶如飞,一桨便划到了天涯。我一面欣赏两岸的景色,一面开怀畅饮,等到酒醒时分,只见一轮残阳冉冉西下,成群的暮鸦在聒噪盘旋。突然看见一架秋千竟然荡出深院的墙门外,那墙头上露出了秋千上红粉姑娘的倩影,是哪家的姑娘玩得如此开心?

▶名师释疑◀

聒(guō)噪:声音杂乱,吵闹。

【点评】

这是一首脍炙人口的佳作,评价很高。

作者以行人自况,描写行船所见。上片,"岸草平沙"点明季节在春天;"吴王故苑"点明地点在灵岩山,感慨历史陈迹。"岸草平沙""柳裊烟斜",将诗人在船中望岸边景色的情景,形象逼真地描绘出来。"春在梨花",诗人通过触觉和嗅觉,突出梨花是春之化身。下片,一个浪漫的诗僧,飘然一身,浪迹天涯。"酒醒后,残日乱鸦",是多么的苍凉。以快镜头和画面的形式,将江南的迷人春景完美地刻画出来。

名师指津

"褪粉""试花"紧相连,使人仿佛感觉到了季节时令的更替,巧妙而生动。使用倒装句法,把"梅梢"和"桃树"放后面,足见作者的用心。"愔愔"二字极言冷清,暗示了物是人非、今昔对比之意。

瑞龙吟

周邦彦

章台路①,还见褪粉梅梢②,试花③桃树。愔愔④坊陌⑤人家,定巢燕子,归来旧处。

黯凝伫⑥,因念个人痴小,乍窥门户。侵晨浅约宫黄⑦,障风映袖⑧,盈盈笑语。

前度刘郎重到,访邻寻里,同时歌舞,惟有旧家秋娘⑨,声价如故。吟笺赋笔,犹记燕台句⑩。知谁伴,名园露饮,东城闲步?事与孤鸿去⑪,探春尽是,伤离意绪。官柳低金缕,归骑晚、纤纤池塘飞雨。断肠院落,一帘风絮。

【作者简介】

周邦彦(1057—1121),字美成,自号清真居士,钱塘(今浙江杭州)人。宋神宗元丰初年,曾到汴京献《汴都赋》万余言,召为太学正。徽宗朝,曾在"大晟府"任提举官。

他博览群书,精通音律,与万俟咏、田为等讨论古音,审定古调,创制新词。是"集大成"的词人,将柳永的慢词向前推进,浑成精工,谐和音律。其词作在内容上,大多是艳词。结构严密,层次分明,讲究用字、使典,善于化用前人诗句。怀古和写景咏物词,有所寄托而不作泛叙。所作词集名《片玉词》,有宋人陈元龙的注。

【注释】

①章台路:汉代长安城中有章台街。唐许尧佐《柳氏传》记韩翃与妓女柳氏故事,韩寄柳词中有"章台柳"之句。后人因以章台指妓女聚居之处。

②褪粉梅梢:指枝头梅花凋落。

③试花:指花刚开。

④愔(yīn)愔:安静的样子。

⑤坊陌：街坊，街道。

⑥凝伫：有所思虑、期待而立着不动。

⑦浅约宫黄：轻施黄粉。宫黄，指宫女用来涂眉的黄粉。

⑧障风映袖：以扇挡风，以袖照面。

⑨秋娘：即杜秋娘。唐金陵歌伎，曾入宫，暮年沦落金陵。

⑩燕台句：出自唐李商隐《赠柳枝》："长吟远下燕台句，唯有花香染未消。"这里借指作者赠给恋人的诗句。

⑪事与孤鸿去：指人事的变迁。出自唐杜牧《题安州浮云寺楼寄湖州张郎中》诗："恨如春草多，事与孤鸿去。"

【译文】

章台路上又一次看见枝头梅花凋落，桃花又刚刚开放。静静的街道上，只见燕子纷纷飞回原来的地方，筑巢定居。

我伫立街头，若有所思，想起从前的那个意中人，那时候的她尚且娇小，刚开始站在门前迎客。天一亮，她就施上淡淡的黄粉，站在面前，以扇挡风，以袖遮面，笑语盈盈，仪态娇美。

我像刘晨一样重游故地，向她的邻居打听她的踪迹，可是已经不见旧时的恋人。访求当年与她同时的歌女，只有那位秋娘仍然身价很高。记得当年的恋人拿出纸笔，让我吟诗赋词，至今我还记得当年我给她写的诗句。可如今还会有谁陪伴我到名园露顶饮酒，到东城外信步游赏？往事如孤雁一样飞得无影无踪了。这次探访春色，弄得满是悲伤离别的心绪。傍晚我骑马归来，路旁的官柳低垂着金色的柳枝，池塘上细雨蒙蒙。回到家中，院落里风卷柳絮扑打着门帘，令人肝肠欲断。

名师释疑

肝肠欲断：比喻伤心到极点。

【点评】

这首艳词是作者的代表作，比一般艳词讲究语言、格律和音韵，寓情于景，通过凄迷的春景衬托作者的悲伤情绪。

全词共三叠。第一叠写作者春日重游章台旧地。以"还见"睹物思人，引发无限感叹。燕子回旧居，自己却欲归不能，徘徊于章台故路。第二叠由黯然神伤转入追念旧日恋人。描写初见时的场景，将恋人的音容笑貌描绘得细致入微。第三叠写邻里尚在，恋人已远去；往事历历，不胜怅恨。"事与孤鸿去"三句，点出主题。

苏幕遮

周邦彦

燎①沉香②，消溽暑③。鸟雀呼晴，侵晓④窥檐语。叶上初阳干宿雨，水面清圆，一一风荷举。

故乡遥，何日去？家住吴门⑤，久作长安⑥旅。五月渔郎相忆否？小楫轻舟，梦入芙蓉浦⑦。

【注释】

①燎（liáo）：小火烧炙。

②沉香：即沉香木，一种名贵香料，能沉于水，故名。

③溽（rù）暑：盛夏湿热的暑气。

④侵晓：即破晓，天刚亮。

⑤吴门：古代吴国（包括浙江北部）建都于吴（今江苏苏州）。吴门为其别名。

名师指津

梦中划小舟入莲花塘中了。实以虚构的梦境作结，虽虚而实，变幻莫测。

⑥长安：借指北宋汴京（今河南开封）。

⑦芙蓉浦：长着荷花的水边。

【译文】

　　房中点燃沉香，来消除夏天闷热潮湿的暑气。天快亮的时候，鸟雀们鸣叫着呼唤晴天，我悄悄地在屋檐下偷听它们的鸟语对话。初出的阳光晒干了昨夜积在荷叶上的雨水，水面上的荷叶清润圆正，它们迎着晨风，每一片都挺出水面。

　　眼前的景色，令我想到遥远的故乡，我何时才能回去啊？我的家本在吴越一带，如今却长久地客居汴京。时至五月，我故乡的伙伴在想念我吗？在梦中，我划着小船，来到了过去的荷花塘。

名师指津

不言己思家乡友朋，却写"渔郎"是否思念自己，角度新颖，表达了自己浓浓的乡愁。

【点评】

　　这首词上片写景，下片抒情，段落极为分明。以质朴无华的语言，准确而又生动地表现出荷花的风神与词人的乡愁，有一种从容雅淡、自然清新的风韵，这在周邦彦以雕饰取胜的词作中当为别具一格之作，陈延焯称赞此词"风致绝佳，亦见先生胸襟恬淡"。

少 年 游

周邦彦

　　并刀①如水②，吴盐③胜雪，纤手破新橙。锦幄④初温，兽烟⑤不断，相对坐调笙。

　　低声问、向谁行⑥宿，城上已三更。马滑霜浓，不如休去，直是少人行。

名师指津

下片寥寥数语，却有层次，有曲折，人物心情的宛曲、心理活动的幽微，在简洁的笔墨中恰到好处地被揭示出来。

【注释】

①并刀：并州出产的剪刀。

②如水：形容剪刀的锋利。

③吴盐：吴地所出产的洁白细盐。

④幄：帐。

⑤兽烟：兽形香炉中升起的细烟。

⑥谁行（háng）：谁那里。

【译文】

并州出产的剪刀锋利无比，吴地出产的盐洁白如雪，女子用纤细的嫩手剖开刚刚采摘的橙子。屋内的帷幕暖烘烘的，刻着兽头的香炉升起缕缕香烟，两个人相对坐着，他们正在调弄着手里的笙。

女子低声问道：今天晚上到哪里去住？要知道现在城里已是三更时分了，外面天气寒冷，霜又很浓，马儿会打滑的。不如就别走了，街上行人很少，不安全。

【点评】

这首词虚实结合，表达恋人间的依依不舍。上片实写室内情景：破新橙、焚兽香、坐吹笙，用实物衬托屋内温馨。下片想象室外情景：已三更、马蹄滑、霜又浓、少人行，以语言渲染室外寒冷。

西 河

金陵怀古

周邦彦

佳丽地①，南朝②盛事谁记？山围故国③绕清江，髻鬟④对起。

名师指津

首句突出金陵地利，追起一问，令人遥想其为南朝故都昔日的繁华，已伏后文感慨。

怒涛寂寞打孤城,风樯⑤遥度天际。

断崖树、犹倒倚,莫愁艇子谁系?空馀旧迹郁苍苍,雾沉半垒。夜深月过女墙⑥来,伤心东望淮水。

酒旗戏鼓⑦甚处市?想依稀<u>王谢</u>邻里,燕子不知何世,向寻常巷陌人家相对,如说兴亡斜阳里。

◆名师释疑◆

王谢:指东晋时王姓、谢姓两大望族,都住乌衣巷。

【注释】

①佳丽地:即金陵(今江苏南京)。

②南朝:指宋、齐、梁、陈四朝,相继建都金陵。

③故国:即故都,指金陵。

④髻鬟(jì huán):旧时妇女梳的发髻,这里形容对峙的山峰。

⑤风樯:张着风帆的船。

⑥女墙:泛指城上的矮墙。

⑦戏鼓:演戏场所。

【译文】

金陵自古佳丽之地,南朝六国繁华的旧事,如今还有谁曾记得?只剩青山绿水依旧绕着故都,依旧是江岸秀丽得如美人发髻的青山相对耸起。汹涌的波涛拍打着空寂的故城,江上片片船帆正在驶向远水天际。

苍老的树木还倒挂在悬崖边,过去莫愁女的小船曾在这里停泊,如今还有谁为她拴系?此地空留的旧迹,散布在苍苍郁郁的树林中,半壁古营垒笼罩在浓雾里。夜深时月光照过城上的矮墙,望着幽冷清辉下东流的秦淮水,我感伤不已。

当年热闹繁盛的酒楼戏馆,如今又在何处找寻?今天那些冷清的普通巷陌,曾经是那些王公贵族的豪宅。旧时王谢堂前的燕子也飞进了寻常百姓的家里,在夕阳之下,相对呢喃,仿佛在述说六朝的兴衰往事。

◁名师释疑◁

呢喃(nínán):形容燕子的叫声或者小声说话的声音。

【点评】

这首词是咏史之作。首段,"佳丽地"点出地点金陵,"南朝盛事"点出主题怀古。"山围"等句,化用刘禹锡《石头城》意,叙述金陵的山川。第二段以古乐府《莫愁乐》点出古迹。在雾夜断崖旁,凭吊古迹。旧迹仍在,却物是人非。第三段化用刘禹锡的《乌衣巷》。从眼前景物,引发对金陵古都中朝代更替的感慨,表达咏史的主旨。

蝶恋花

周邦彦

月皎惊乌栖不定,更漏将阑,辘轳①牵金井。唤起两眸清炯炯,泪花落枕红绵②冷。

执手霜风吹鬓影,去意徊徨,别语愁难听。楼上阑干③横斗柄④,露寒人远鸡相应。

名师指津

"冷"字说明泪水早已把枕芯湿透了,枕着会感到比较冷,烘托出伤别的气氛,形象地表现出离别场景之凄切,悲伤离情之苦楚。

【注释】

①辘轳(lù lu):井上滑车,用来转动吊水桶上的绳子。

②红绵:装在枕头里的丝绵。

③阑干:横斜貌。

④横斗柄：指北斗星。

【译文】

月光皎洁明亮，乌鸦以为天晓而栖息不定。更漏里的沙子将要流尽了，天快亮了，井上有人来吊水，辘轳转动水桶绳子，发出响声。声音唤起了一位女子，她一双美丽明亮的眼睛流下泪水，连枕芯中的红绵都湿透了。

她送我到门外，我们两个人双手紧紧相握站立在庭院中，鬓发在秋季的寒风中飘动。离别的双方难舍难分，告别的话儿让人不忍听。楼顶上的北斗星斗柄渐渐向西横斜，天色放亮，寒露袭人，鸡叫四起，行人也越走越远了。

【点评】

这首词巧妙化用前人诗词，具有别样的风味。上片委婉舒缓，下片飘忽骏快，写"将别"时的留恋、"别"时的匆促。末二句写空闺、野景，面面俱到，与闺中人的天涯之思一脉相谐，情词相称。月光明亮而惊起不停啼叫的乌鸦，暗示人睡得不安稳。两人执手相别后，北斗横斜，晨鸡啼声，行客已经远。伫立而望，内心的凄楚更加明显。

关 河 令

周邦彦

秋阴时晴渐向暝①，变一庭凄冷。伫听寒声②，云深无雁影。更深人去寂静，但照壁、孤灯相映。酒已都醒，如何消夜永③？

名师释疑
伫(zhù)立：长时间地站立着。

名师指津
上片一开篇就推出了一个阴雨连绵，偶尔放晴，却已薄暮昏暝的凄清的秋景，这实很像是物化了的旅人的心境，难得有片刻的晴朗。"秋阴时晴渐向暝"，这是以白描手法突出秋天时阴时晴、阴冷、黯淡的特点，这似乎是客观事物的直叙，然而一句"变一庭凄冷"，就将词人的感情凸显出来。

【注释】

①向暝：指天色将晚。

②寒声：指雁鸣声。

③消夜永：消磨这长夜的光阴。

【译文】

连日的秋阴暂时放晴，天色将晚，使得院落变得格外凄清冷寂。我站在庭院中，希望能够听到雁鸣的声音，可是云层太深，连大雁的影子也看不见。

夜深了，人们都去睡了，一片寂静，只有一盏孤灯的微光把我的影子投射在粉壁上。半夜中我的醉意已经醒了，我如何才能消磨这漫漫长夜呢？

【点评】

这首词以时光转换为线索，表现了深秋时作者因人去屋空所产生的凄苦孤寂之感。

作者以浓重的笔墨描写环境，却意在突出心境。白天，萧条清寒渗透着主人公的凄清；夜晚，沉寂冷落浸透着主人公的寂寞。上片，他伫立庭中倾听雁鸣，希望雁儿能带来一封信。由于云深，雁影都没有，更别提书信了。下片写书信都无，只有借酒浇愁；酒醒后，<u>万籁俱寂</u>，只有一灯，将孤独的身影映到墙壁上。漫漫长夜，何以为遣？

◆名师释疑◆

万籁俱寂：形容周围环境非常安静，一点儿声响都没有。万籁，自然界中万物发出的各种声响。籁，从孔穴中发出的声音。寂，静。

拜星月慢

周邦彦

夜色催更,清尘收露,小曲幽坊月暗。竹槛灯窗,识秋娘①庭院。笑相遇,似觉琼枝玉树②相倚,暖日明霞③光烂。水盼④兰情⑤,总平生稀见。

画图中、旧识春风面。谁知道、自到瑶台畔。眷恋雨润云温⑥,苦惊风吹散。念荒寒、寄宿无人馆,重门闭、败壁秋虫叹。怎奈向、一缕相思,隔溪山不断。

名师指津

词末以纵使水远山遥,却仍然隔不断一缕相思之情作结,是今昔对比以后题中应有之义,而冠以"怎奈向"三字,就暗示了疑怪、埋怨的意思,使这种相思之情含义更为丰富。

【注释】

①秋娘:唐代歌姬杜秋娘。后泛指美女。

②琼枝玉树:形容身态苗条、洁白。

③暖日明霞:形容脸色像红日彩霞般圆润。

④水盼:秋水般明亮的眼睛。

⑤兰情:性情温和如幽兰。

⑥雨润云温:形容情爱温柔炽烈。

【译文】

月色暗淡的夜晚,更鼓频传,露水洗净空气中的清尘。在幽深的巷陌小院,栏杆外的青竹的缝隙中透出窗户里不断闪动的灯光,我与美女就初识在这样的庭院中。她含笑与我相会,她的身态苗条、光润、洁白。我们相依在一起,她的脸色像红日彩霞般圆润灿烂,眼睛如秋波般明亮,性情如幽兰般温和,这是我平生少见的。

我在图画中曾经见过这样楚楚动人的面容。谁知道这次我竟然到了天宫仙女居住的地方，见到了仙女。我们情意绵绵，如春雨般温润，可是，一阵狂风却把我们吹散了。想如今我寄宿在这荒凉没有客人的旅馆中，很是悲凉，只能关上重重门户，听着残破的墙壁上秋虫的悲鸣声。怎奈我心中的相思之情，即使隔着重重山溪也绵延不断。

【点评】

这首词布局严谨，结构精当，为人所称道。

上片，前五句渲染环境，为与美女的相会做铺垫。末几句描写美女的美丽容颜，遣词造句力求新颖。以"琼枝玉树"形容婀娜身姿和雪白肌肤，以"暖日明霞"形容光彩照人，以"水盼兰情"形容目光如澈、性情温馨，以"总平生稀见"总结，描绘出了一个绝色美女。从布局看，先写路途，次写居处，再写会面。由远及近，层层推进。在美女的形态神态描述上，先有形，后有神，最后总括，<u>有条不紊</u>。

下片追叙，以虚为实。首句"画图中、旧识春风面"，化用杜甫"画图省识春风面"。"旧"表示久闻其名，突出会面的惊喜和渴望。"雨润云温"形容眷恋欢会的融洽，含蓄别致，不失新意。"谁知道"是惊喜遇到，"苦惊风"是不曾料到，都写意料之外，感情却截然不同。这种不同将作者内心和情感上的剧变，刻画得淋漓尽致。"念荒寒"表现今日的凄苦。

◀名师释疑◀

有条不紊(wěn)：形容有条有理，一点不乱。紊，乱。

虞美人

李 廌

玉栏杆外清江浦①,渺渺天涯雨。好风如扇雨如帘,时见岸花汀草、涨痕添。

青林枕上关山路,卧想乘鸾②处。碧芜千里思悠悠,惟有霎时凉梦、到南州。

名师指津

"好风如扇"比喻新颖,这里的"扇"虽是名词,却同样给人以轻风微拂的柔和感觉。

【作者简介】

李廌(zhì)(1059—1109),字方叔,华州(今陕西华县)人。他曾以文章谒苏轼于黄州,苏轼认为其文章笔墨澜翻,有飞沙走石之势。著有《济南集》,自《永乐大典》辑出。

【注释】

①浦:水滨。

②乘鸾:意为仙去,即出世。鸾,鸟名。

【译文】

玉石栏杆外面就是江水之滨,由此远望水天相连之处,大雨迷蒙。清风过处,带来帘幕样的细雨,只见江水逐渐上涨,漫过了岸边花草。

我闲卧枕上,遥念关山万里,翩然有远离尘世的想法。如今只剩依稀的梦影令人不堪回首。碧绿的原野漫无边际,情思悠悠,我只能在梦中回到朝思暮想的南方。

【点评】

这首词不仅写初夏雨景,还即景抒情,通过雨中景色的描绘,寄托了离绪别情与翩然出世之想。"好风"两句,《蕙风词话》称:"春夏之交,近水楼台,确有此景。'好风'句绝新,似乎未经人道。"末两句被称赞"尤极淡远清疏之致"。

贺新郎

叶梦得

睡起流莺语,掩苍苔房栊①向晚,乱红无数。吹尽残花无人见,惟有垂杨自舞。渐暖霭、初回轻暑。宝扇②重寻明月影③,暗尘侵、上有乘鸾女④。惊旧恨⑤,遽如许。

江南梦断横江⑥渚,浪黏天、葡萄涨绿⑦,半空烟雨⑧。无限楼前沧波意,谁采蘋花寄取?但怅望、兰舟容与⑨,万里云帆何时到?送孤鸿、目断千山阻。谁为我,唱《金缕》⑩。

【作者简介】

叶梦得(1077—1148),字少蕴,自号石林居士,吴县(今属苏州)人。宋哲宗绍圣四年(1097)进士。靖康之难后,两度任建康留守,表彰骂敌而死的杨邦乂,为岳飞等人北伐军队提供支援。

词作创作前期受贺铸影响,词风婉丽。后期随着国破家亡,其思想发生了转变,由个人闲愁转为家国之感,一改婉丽之风,转为简淡雄放,成为豪放派的后继者。著有《石林词》。

名师指津

从时节转移写起,春去夏来,暖风带来初夏的暑热,由于想到消暑而引出了宝扇。这是一把布满尘灰的扇子,但它上面隐约可见的那位月宫"乘鸾女"却使作者陷入沉思,借以引出下文。

【注释】

①栊（lóng）：窗上棂木。

②宝扇：团扇，形状像圆月。

③明月影：即团扇之影。

④乘鸾女：月中仙女，暗喻所恋之人。

⑤旧恨：指与恋人离别。

⑥横江：即横江浦，在今安徽和县东南，与采石矶隔江相对。

⑦葡萄涨绿：江水上涨，颜色深碧如葡萄。出自李白《襄阳歌》："遥看汉水鸭头绿，恰似葡萄初泼醅。"

⑧半空烟雨：形容浪花向空飞溅，如同雨雾一般。

⑨容与：安闲的样子。

⑩《金缕》：乐曲名。

> **名师释疑**
> 泼醅（pō pēi）：即酦醅。重酿未滤的酒。

【译文】

一觉醒来，听见黄莺的啼鸣声，傍晚时窗户下面的青苔被无数落花所掩盖。清风将残花吹得满地都是，也没有人注意这凄惨的景象，只看见杨柳随风飘拂。春去夏来，天气渐渐热起来。我重新找出宝扇，虽然扇上被尘灰侵染，但是扇上的仙女依旧可见。宝扇触动旧恨，不由得使我思绪万千。

回忆江南的往事，江水悠悠，一江春水犹如葡萄般碧绿，浪花向空飞溅，如同雨雾一般。楼前的无限江波别意无穷，有谁会采萍花以寄我相思之意呢？怅望江上舟船来往，而恋人所在的客舟却不知何日开到。极目远望孤鸿，终于被山峰阻隔，不见踪影。

谁会为我唱起《金缕》曲呢？

> **名师指津**
> 作者借此叹息往日美好不再，而自己如今无人相伴，年华也只是虚度，将思念蕴藏于短短几个字中，显得曲致深长。

【点评】

这首词是作者婉丽词风的代表作，刘昌《芦浦笔记》称"婉丽绰约有温（庭筠）、李（商隐）之风"。上片写初夏薄暮，看到宝扇，想起恋人，引出无限新愁旧恨。下片写江天在望，归舟不见，无人能解这孤寂怅恨之情。

水调歌头

叶梦得

秋色渐将晚，霜信报黄花①。小窗低户②深映，微路绕欹斜。为问山翁③何事，坐看④流年轻度，拚却⑤鬓双华？徙倚⑥望沧海⑦，天净水明霞。

念平昔，空飘荡，遍天涯。归来三径重扫，松竹本吾家⑧。却恨悲风时起，冉冉云间新雁，边马怨胡笳。**谁似东山老，谈笑静胡沙！**

【注释】

①霜信报黄花：黄花开，霜降至。

②小窗低户：形容房屋简陋。指作者居处的幽静。

③山翁：指晋代山简，山涛之子。耽于酒而易醉。时人称为"山公"。这里作者以山简自比。

④坐看：白白地看着。

⑤拚却：甘愿。

⑥徙倚：徘徊流连。

名师指津

东山老，指谢安。淝水之战，在谢安的指导下，打败了前秦苻坚。当捷报传来，谢安正在别墅下棋，见驿报后仍不动声色。这里化用李白《永王东巡歌》诗："但用东山谢安石（谢安字），为君谈笑静胡沙。"

⑦沧海：指谢安拟泛海东还的退隐之志。这里作者以谢安自比。

⑧归来三径重扫，松竹本吾家：出自陶渊明《归去来兮辞》："三径就荒，松菊犹存。"

名师释疑

霜降：二十四节气之一，每年公历10月23日左右，霜降节气含有天气渐冷、初霜出现的意思，是秋季的最后一个节气，也意味着冬天即将开始。

靖康之难：又称靖康之乱、靖康之祸、靖康耻。靖康二年四月金军攻破东京（今开封），除了烧杀抢掠之外，更俘虏了宋徽宗、宋钦宗父子，以及大量赵氏皇族、后宫妃嫔与贵卿、朝臣等共三千余人北上金国，东京城中公私积蓄为之一空。靖康之耻导致北宋的灭亡，深深刺痛汉人的内心。

【译文】

秋色已深，菊花盛开报来了霜降的消息，正是秋高气爽的时候。小屋掩映于秋色黄花之中，屋外是曲折倾斜的小路。若问我为什么甘愿年华流逝，毫不顾及双鬓已经斑白？我说是因为徘徊流连如沧海般辽阔美丽的太湖和明媚绚烂的青天云霞。

追忆往事，我漂泊了一生，足迹遍布天涯，如今回到家里，扫净已荒芜的道路，那松竹茂盛的地方就是我的家园。身在江湖，但并未悠然物外，对边境敌人的侵扰，感到十分忧虑。谁会像东晋的东山老谢安一样，虽然隐居东山，出仕后谈笑间就将敌人消灭了。

【点评】

这首词表达了作者对现实的关心。在靖康之难前，他几次得罪宦官被罢职，闲居在家。看到边关危机、朝廷腐败，内心难以平静。

词的上片描写秋日的闲居生活。作者虽自伤虚度光阴，头发花白，但远望时表现了退居后的旷达胸襟。下片，"却恨"三句表达了对边患危机的担忧，自恨不能像谢安一样，谈笑间传来捷报。

词作声情豪迈，气势庞大，在作者的词作中，极为少见。

八声甘州

寿阳楼①八公山作

叶梦得

故都②迷岸草,望长淮依然绕孤城。想乌衣年少③,芝兰秀发④,戈戟云横⑤。坐看骄兵⑥南渡,沸浪骇奔鲸⑦。转盼东流水,一顾功成。

千载八公山下,尚断崖草木,遥拥峥嵘。漫云涛吞吐,无处问豪英。信劳生空成今古,笑我来何事怆遗情。东山老,可堪岁晚,独听桓筝。

【注释】

①寿阳楼:寿阳城楼。寿阳即寿春,今安徽省寿县,东晋改名寿阳。

②故都:指寿阳。

③乌衣年少:指淝水之战名将谢玄、谢石等人。谢家住在乌衣巷,人称其子弟为乌衣郎。

④芝兰秀发:比喻才华。

⑤戈戟云横:此处指谢玄统领的晋军仪容威整。

⑥骄兵:指苻坚的军队。

⑦奔鲸:受惊奔窜的鲸鱼,喻苻坚。

【译文】

故都寿阳城边的江岸生长着杂乱的野草,望淮河的支流淝水,

名师指津

从眼前的城和水写起,"迷"字给全篇营造出深沉、苍凉的历史纵深感,并且引出了"物是人非"的主题。

名师释疑

桓筝:桓伊之筝。

> 名师释疑

淝水之战：公元383年，前秦出兵伐晋，于淝水交战，最终东晋仅以八万军力大胜八十余万前秦军。拥有绝对优势的前秦败给了东晋，国家也因此衰败灭亡，北方各民族纷纷脱离了前秦的统治，分裂为后秦和后燕为主的几个政权。而东晋则趁此北伐，把边界线推进到了黄河，并且此后数十年间东晋再无外族侵略。

依然像当年一样环绕着孤城寿阳奔腾而去。遥想当年谢石、谢玄等人指挥<u>淝水之战</u>的场景：年轻的子弟英姿勃发，戈戟像阵云一样横列开去。谢石、谢玄闲坐等待着气势汹汹南渡的前秦军队，可是苻坚的前秦军一遇风浪，就如受惊的鲸鱼到处奔窜。转眼间晋军以少胜多，迅捷克敌，一举成功。

已过千年，八公山下还有让敌人惊恐万状的断崖和草木。它们遥遥地簇拥着，显得峥嵘恐怖。如今云涛吞吐，气壮山河，也徒然无补，已经没有地方能够找到谢家子弟那样的英雄豪杰了。这些为国家操劳一生的英豪到头来都空成今古之谈，可笑我又何必为往事而悲伤呢！东山老还能与孝武帝同听桓伊弹筝，可是如今年老的我只能独自听桓伊弹筝了。

【点评】

这首词写于绍兴三年（1133）前后，当时作者任江东安抚大使兼知建康府并寿春等六州宣抚使。登临八公山，遥望淮水，凭吊千年前淝水之战的古战场，感慨万端，写下了这首《八声甘州》。

这是一首怀古之作。上片回忆淝水之战，以四十多个字将气势宏大的战争场面栩栩如生地呈现在读者面前。有写景，东流的淮水、孤零零的寿阳城和迷茫无际的野草；有写人，英姿勃发的谢家子弟、军容威武的晋军、镇定自若的谢安、骄横的苻坚。下片抒情，表达作者内心的不平和深深的感慨。

在写作方法上，采用正反两种形式，直笔曲笔交替使用。既仰慕当年英雄，也感慨往事已矣。既用直笔否定自我，"何事怆遗情"；又用曲笔以谢安老时境遇自况，"东山老，可堪岁晚，独听桓筝"。这种转折摇曳的写法,增加了变幻色彩。刘熙载称:"一转一深,一深一妙,此骚人之三昧。倚声家得之,便自超出常境。"

虞美人

雨后同干誉、才卿①置酒来禽花下作

叶梦得

落花已作风前舞,又送黄昏雨。晓来庭院半残红,惟有游丝②,千丈袅晴空。

殷勤花下同携手,更尽杯中酒。美人不用敛蛾眉③,我亦多情,无奈酒阑④时。

【注释】

①干誉、才卿:作者的朋友。

②游丝:虫子所吐的丝缕,常飘荡在空中。

③敛蛾眉:皱眉头,愁眉不展。

④阑:尽。

【译文】

落花在风中飘零,黄昏时分又下起了雨。早上起来,庭院中残红遍地,只有虫子所吐的长丝在晴空中随风飘荡。

我殷勤地邀请二位好友携手同游,一边欣赏这风景,一边尽情畅饮杯中美酒。侍酒的美人无须为春去花落、酒干人去而愁眉不展,我也是多情之人,只是酒已喝足,不得不去。

◁名师释疑◁

来禽:林檎(qín)的别名,今称花红,北方又称沙果。

名师指津

结尾三句写得最为婉转深刻,曲折有味。所以明人沈际飞评曰:"下场头话,偏自生情生姿,颠播妙耳。"

【点评】

　　这首词是作者与朋友在花下畅饮的即兴之作。上片是写景，夜来风雨，花落无数，残红遍地。作者触景生情，引发无尽愁思。而一句"惟有游丝，千丈袅晴空"，是情感发生了转变，情绪上扬，抒发了明朗高亢的快感。下片是抒情，天亮后与友人花下饮酒。一句"殷勤花下同携手"，言简意赅，生动形象。结尾"美人不用敛蛾眉，我亦多情，无奈酒阑时"，委婉深沉，声情并茂，含蓄有味。

　　在写作特点上，婉约中见豪放，情景交融，不大肆渲染。词风与苏东坡相似，这与作者晚年词风的转向豪放有很大关系。毛晋《石林词跋》称："不作柔语滞人，真词家逸品。"

> **名师释疑**
>
> 言简意赅（gāi）：话不多，但意思都有了。形容说话写文章简明扼要。赅，完备。

水 龙 吟

朱敦儒

　　放船①千里凌波去，略为吴山②留顾。云屯水府③，涛随神女④，九江⑤东注。北客⑥翩然，壮心偏感，年华将暮。念伊嵩旧隐，巢由⑦故友，南柯梦⑧，遽如许。

　　回首妖氛未扫，问人间、英雄何处？奇谋报国，可怜无用，尘昏白羽⑨。铁锁横江，锦帆冲浪，孙郎良苦。但愁敲桂棹，悲吟梁父，泪流如雨。

【作者简介】

　　朱敦儒（1081—1159），字希真，洛阳人。少年以"清都山水郎"自命，生活闲散逍遥。北宋末年，战乱频繁，他流离辗转。高宗绍兴五年,赐进士出身,曾任秘书省正字兼兵部郎官等职。后以"专立异论,与李光交通"被弹劾,罢免。晚年应秦桧征召,任鸿胪少卿,思想趋于消极。

他"以词章擅名,天资旷远",婉丽清畅。词作反映其傲视权贵或劫后余生,有一定现实意义,同时也夹杂了一些消极情绪。有词三卷,名《樵歌》。

【注释】

①放船:乘船远出。

②吴山:泛指江南一带的山。

③水府:古代星名。

④神女:指洛水女神宓妃。

⑤九江:众水汇流而成的大江。九,言其多。

⑥北客:作者自称。

⑦巢由:巢父、许由,都是古代隐士。

⑧南柯梦:唐李公佐《南柯太守传》记淳于棼家有古槐一株,树下有一蚁穴。他醉后梦入蚁穴,到了"槐安国",娶王女金枝公主,后又出任为南柯郡太守。在郡二十余年,因公主亡故而罢任还京,被王遣回本里。觉来方知是一梦。南柯梦后因以指梦境。亦比喻空幻。

⑨白羽:白羽扇,古代儒将常挥白羽扇,指挥作战。

【译文】

乘船趁波泛浪而远去千里,在吴山略微停顿了一下。云层聚

名师释疑

《梁父吟》：古代用作葬歌的一支民间曲调，音调悲切凄苦。据《三国志》载，诸葛亮隐居时好为《梁父吟》。

名师指津

"直自凤凰城破后"中的一个"直"字点明了自城破至今思念一直不断，而这种思念又不同于一般的离别，还包含城破后"擘钗破镜分飞"的惊恐与担忧。"擘钗"与"破镜"是离乱的象征，标志着一个家庭在战乱中的毁灭，意味着恩爱夫妻被生生拆散，而"分飞"则进一步点明在仓皇中各奔东西，彼此离散。

集在水府星附近，波涛奔腾，如有神女出没其间，众水汇流而成的大江向东流去，注入大海。我自得其乐，陶醉于江南美景中，可叹的是我报国之志未能实现，人却已经老了。怀念往昔在洛阳时那些幽居名山，如上古巢父、许由般的隐士，归隐名山的旧事就像是南柯一梦。

回头北望，金兵依然没有被赶出去，试问天下的英雄在哪里呢？我空有诸葛亮一样的奇谋，可是却不受重用，没有用武之地，烽烟依旧弥漫。当年吴主孙皓用心良苦，希望倚仗长江天险，以铁锁横江设防，仍然阻挡不住西晋的楼船，锦帆冲浪，铁锁销熔。我敲击着船桨打着拍子，唱着悲凄的《梁父吟》，泪如雨下。

【点评】

这首词作于金兵南侵之后。上片写乘船千里来到江南，忆往昔的洛阳，好像南柯一梦。下片咏史，以东吴亡于西晋的史实，引出"妖氛未扫"，目前朝廷偏安南方的境况。又以诸葛亮自比，感慨英雄无用武之地，反映他难忘过去的逍遥生活，也正视战乱的现实，想要有所作为。

临江仙

朱敦儒

直自①凤凰城②破后，擘钗③破镜④分飞。天涯海角信音稀。梦回辽海北⑤，魂断玉关⑥西。

月解重圆星解聚，如何不见人归？今春还听杜鹃啼。年年看塞雁⑦，一十四番回⑧。

【注释】

①直自：自从。直，当。

②凤凰城：指汴京。

③擘（bò）钗：分钗。爱人离别时分钗作为纪念。

④破镜：指南朝陈后主妹乐昌公主与丈夫徐德言在陈亡后打破一镜，各取其半，约他日卖于都市。后公主为隋杨素所得。德言在约定时间到京，见老仆卖半镜，就出所藏半镜相合，题《破镜诗》。公主见诗悲泣不食。杨素知此事后，召徐至，使夫妻重聚。

⑤辽海北：泛指东北海边。

⑥玉关：玉门关。泛指西北地区。

⑦塞雁：秋天雁从塞上飞回，故称塞雁。

⑧一十四番回：指看见雁南归已经十四次了。即作者南来已有十四个年头。

【译文】

自从汴京城陷落后，多少夫妻在战乱中被迫离散。亲人飘落于<u>天涯海角</u>，音信全无，无处寻觅。时常在梦中回到北方与亲人相见，可是现实中却又常常魂断玉门关外。

那星月尚能重聚再圆，牛郎、织女一年一度还能在天河相会，可离散的人这么多年却仍不见回来，今年春天还是只能听见杜鹃啼鸣声。我一年年地看着那边塞飞来的大雁，等待着亲人的消息，如今已经是十四个年头了。

◀名师释疑◀

天涯海角：形容极远的地方，或相隔极远。

【点评】

　　这首词约作于靖康之难十四年后。在词中，作者抒发了离愁，对朝廷沦陷寄寓了沉痛之情，是一首时代哀歌。作者将个人身世寄托于亡国之悲中，描写国家变故对普通家庭的影响，及当事者的内心感受，反映了中原战乱造成家破人亡，具有一定的现实意义。

鹧鸪天

朱敦儒

　　我是清都①山水郎。天教分付与疏狂②。曾批给雨支风券③，累上留云借月章④。

　　诗万首，酒千觞⑤。几曾着眼看侯王？玉楼金阙⑥慵归去，且插梅花醉洛阳。

名师指津
全词之眼，在"疏狂"二字。词人以此种种"疏狂"来表现自己志向的高洁，不愿与权贵为伍。

名师指津
不愿到那琼楼玉宇之中，表示词人不愿到朝廷里做官。

【注释】

①清都：传说中天帝的居处。

②疏狂：不受礼法拘束。

③券：天帝给予的凭证。

④章：上给帝王的奏章。

⑤觞：古时盛酒器。

⑥玉楼金阙：指汴京宫殿。

【译文】

　　我是天宫里掌管山水的郎官，上天赋予我豪放不拘的性格，天帝批准我能支使风月云雨，这也是屡次上书帝王才得到的。

吟诗万首不算多，喝酒千杯不会醉，哪里会把王侯将相放在眼里？神仙居住的华丽天宫也懒得去，只想帽上插枝梅花，醉倒在花都洛阳城。

【点评】

这首词不仅描写了作者在洛阳的逍遥岁月，也反映了傲视权贵、不愿仕朝的思想。当时，北宋即将覆亡，作者以"山水郎"自居，也表现了一种消极避世的心态。

词作极具特色，《宋史·文苑传》称："敦儒志行高洁，虽为布衣而有朝野之望。靖康中，召至京师，将处以学官，敦儒辞曰：'麋鹿之性，自乐闲旷，爵禄非所愿也。'固辞还山。"

名师指津

这是词人内心思想的真实写照。词人虽不愿在朝做官，但对国家的命运还是十分关心的。

减字木兰花

朱敦儒

刘郎[①]已老，不管桃花依旧笑。要听琵琶，重院莺啼觅谢家[②]。
曲终人醉，多似浔阳江上泪。万里东风，国破山河落照红[③]。

【注释】

①刘郎：指唐代刘禹锡，曾被贬至南方等地。作者因战乱流落南方，以刘郎自比。

②谢家：指歌伎居处。

③国破山河落照红：出自杜甫《春望》："国破山河在，城春草木深。"

名师指津

紧承上片"听琵琶"而来。"曲终人醉"的曲，指琵琶曲。词人听完"谢家"的琵琶曲后，产生了怎样的效果？有怎样的感受？是乐还是愁？为下文埋下伏笔。

【译文】

我像刘禹锡一样流落到此地。心已老,我对花月繁华已经没有了兴致。我想听听琵琶。来打发无聊的时光,于是我便越过重重深院去寻找歌伎。

一曲终了,我的情绪沉醉,像白居易那样听过琵琶后落泪伤心。眼前东风万里,依然如故,面对落日映照下的大地河山,想到国破家亡,不禁感慨万千。

名师指津

词人把破碎的山河置于黯淡的夕照中,用光和色来象征和暗示南宋政权已近夕照黄昏,中原失地,恢复无望。

【点评】

这是一首小令,明快动人,情感浓厚。作者善用典故,巧妙地化用他人词句,使内容更加契合贴切。以老去的刘郎自比,听琵琶潸然泪下。既因自身沉沦伤感,又悲痛国破家亡,具有一定现实意义。

鹧鸪天

窃杯女子

月满蓬壶①灿烂灯,与郎携手至端门②。贪看鹤阵笙歌举,不觉鸳鸯失却群。

天渐晓,感皇恩,传宣赐酒饮杯巡。归家恐被翁姑③责,窃取金杯作照凭。

名师指津

宋徽宗宣和年间的元宵佳节,皇帝特准京师官宦之女进宫观灯,各赐御酒。一女子饮酒后将一御制金杯装在怀中,被侍卫发现,押到皇帝面前。这女子不辩白,索笔写下了这首《鹧鸪天》。徽宗读罢,将金杯赏她,派侍卫送她回家。

【作者简介】

窃杯女子,宋代民间女子,生平事迹不详。

【注释】

①蓬壶：传说中的海上仙山，即蓬莱。

②端门：宫殿的正门。

③翁姑：指公婆。

【译文】

月光洒满了如仙山般的宫殿，处处张灯结彩，灿烂无比，我与丈夫一起携手到端门观看灯展。因为我只顾欣赏笙歌曼舞，不知不觉与丈夫失散了。

天将拂晓，感激皇恩浩荡，皇帝与民同乐，赏酒给我们喝。我怕因为回家太晚受到公婆的责骂，就将酒杯偷偷揣入怀中，以作为凭证。

【点评】

这首小词反映了当时都市生活的繁华，通篇以一个民间女子的口吻，写得婉转自然，清新有趣。上片写元宵节观灯盛景及家人失散的原因。"月满蓬壶灿烂灯"写出了灯会的华丽。"贪看鹤阵笙歌举，不觉鸳鸯失却群"，率真地写出了与丈夫走散的事实。下片写窃杯原因。天快亮了，皇恩赐酒，"恐被翁姑责，窃取金杯作照凭"。一个难得出门，却因贪看怕公婆责备的少妇形象跃然纸上。

眼儿媚

赵 桓

宸传三百①旧京华，仁孝自名家。一旦奸邪，倾天拆地，忍听琵琶。

如今在外多离索，迤逦近胡沙。家邦万里，伶仃父子，向晓霜花。

名师指津

作者并没有对往日繁华生活留恋，而是愤恨奸臣误国，道出了自己此时的心声。

名师释疑

迤逦（yǐ lǐ）：曲折连绵。语出宋贺铸《更漏子》词："迤逦黄昏，景阳钟动，临风隐隐犹闻。"

奸佞（nìng）：奸邪谄媚的人。贬义词。

【作者简介】

赵桓（1100—1156），宋钦宗。宣和七年（1125），金兵大举进犯中原，赵桓继位，改元靖康，在位一年零四个月。靖康二年（1127），金兵南下，攻破汴京，与父徽宗被俘，押至五国城（今黑龙江依兰），后死于此地。

【注释】

①宸传三百：指皇家三百口子孙。宸，指帝王宫殿，又引申为王位、帝王。

【译文】

我大宋的江山已经传承三百多年了，以仁孝治天下。可是一旦奸佞当朝，就会造成天崩地裂、江山垮塌的局面，我现在怎么忍心听琵琶之声呢？

如今夜宿塞外，经常过着离群索居的生活，行走在胡天飞沙的道路上。越走越远，此去邦国已经万里，我们这对孤苦伶仃的父子，只有坐待天晓，身上落满了雪白的霜花。

【点评】

这首词是一首和词，和其父亲的《眼儿媚》。当时，宋徽宗在被俘途中，夜里辗转难眠，触景生情，作了《眼儿媚》。

此词上片表现亡国之痛，怨恨奸臣误国，痛惜国破家亡。下片描写作者的孤独之苦，用"离索""伶仃"表现父子二人的孤独无依，希望能尽快得到救援。

纵观全词，作者直抒胸臆，把自己的复杂情感表现得淋漓尽致，让人深表同情。

燕 山 亭

北行见杏花

赵 佶

裁剪冰绡①，轻叠数重，淡著胭脂匀注②。新样靓妆，艳溢香融③，羞杀蕊珠宫女。易得凋零，更多少、无情风雨。愁苦。闲院落凄凉，几番春暮。

凭寄离恨重重，这双燕，何曾会人言语。天遥地远，万水千山，知他故宫何处。怎不思量，除梦里、有时曾去。无据。和梦也、新来不做。

【作者简介】

赵佶（1082—1135），宋徽宗。1100 年即位，任用蔡京、童贯、朱勔等奸臣，对人民盘剥。创"花石纲"，以寻奇花异石为名，大肆搜刮百姓。皇帝的荒淫无度，导致民生凋敝，国力衰微。当

名师指津

起首三句以细腻的笔触描绘杏花的外形及神态，勾勒出一幅绚丽的杏花图。

名师释疑

凭寄：这里有烦请传寄之意。凭，靠什么。

金兵入侵,他苟且求和,中原沦陷,王朝覆亡。徽、钦二宗、后妃及宗室被俘北去。他擅长书画,词亦有名。近人曹元忠辑有《宋徽宗词》。

【注释】

①冰绡:洁白的绸。绡,似缣而较疏的薄绸。

②匀注:均匀点染。

③艳溢香融:光艳四射,香气散发。

【译文】

杏花像是那白绸经过裁剪成瓣状而迭成数重,又淡淡地施上胭脂。杏花妆饰新颖,色丽香浓,连天上仙女都自愧不如。娇艳的花朵最容易凋零,更何况,不知还要经历多少次无情风雨的吹淋。实在令我愁苦,叩问苍天,杏花在这凄凉的院落,还要经受几番春暮的折磨?

靠什么寄传萦绕在我内心的重重离愁别恨呢?这成双飞舞的燕子,哪里会懂得我的言语。此处天遥地远,相隔万水千山,我又怎能不思念故国呢?静下心来仔细想一想,曾经在晚上做梦的时候回去过。孤苦伶仃,无所依靠。我近来彻夜难眠,连梦也做不成了。

【点评】

这首词作于1127年。当时,宋徽宗与其子宋钦宗被金兵掳往北方,途中触景生情所作。上片描写杏花开放时的娇艳及被风雨摧残后的凋零。下片写背井离乡的离恨之情,是作者现实悲惨遭遇的真实写照。

名师指津

连天上仙女看见都自愧不如,由此进一步衬托出杏花的形态、色泽和芳香都是不同于凡俗之花的,也充分表现了杏花盛放时的动人景象。

名师释疑

孤苦伶仃:孤单困苦,没有依靠。伶仃,孤独,没有依靠。

名师赏析

词在北宋的发展过程中经历了前期、中期和后期三个发展阶段。宋初的词人开创了宋代豪放词的先声，为以后豪放派的发展壮大奠定了基础。所谓豪放词是针对词的艺术风格而言的，豪放派词题材广泛，气魄雄浑，风格刚健，情调昂扬，意境超脱，它突破了儿女情长的狭小范围，丰富了词的内容，扩大了词的意境，是对词的革新和发展。北宋词率情而作，浑厚圆润，表达个人的享乐之情，就少有意外之旨。北宋词多就景叙情，故珠圆玉润，四照玲珑。

学习借鉴

好词

悲欢离合　江山如画　灰飞烟灭　人生如梦　纤云弄巧

朝朝暮暮　一诺千金　琼枝玉树　曲终人醉　万水千山

好句

* 酒入愁肠，化作相思泪。
* 多情自古伤离别，更那堪、冷落清秋节！
* 衣带渐宽终不悔，为伊消得人憔悴。

* 月上柳梢头，人约黄昏后。

* 但愿人长久，千里共婵娟。

思考与练习

1. 北宋词的代表人物有哪些？他们的词有什么特点？

2. 查查资料，试着分析一下北宋前期婉丽词风形成的原因。

南宋卷

名师导读

社会环境的巨大改变，使南宋词作脱离了音乐的羁绊，走上独立发展的道路，逐渐成为文人案头的雅致文学。南宋词作，很多时候是文人墨客间相互酬唱或结词应酬的结果，有时还是抗战的号角，是服务于现实的工具。下面就让我们一起来感受南宋词人优美的词风吧。

喜迁莺

晋师胜淝[①]上

李 纲

长江千里，限南北、雪浪云涛无际。天险难逾，人谋克敌，索虏[②]岂能吞噬。阿坚百万南牧[③]，倏忽长驱吾地。破强敌，在谢公[④]处画，从容颐指[⑤]。

奇伟！淝水上，八千戈甲[⑥]，结阵当蛇豕[⑦]。鞭弭[⑧]周旋，旌旗麾动，坐却北军风靡。夜闻数声鸣鹤[⑨]，尽道王师将至。延晋祚[⑩]，庇烝民[⑪]，周雅[⑫]何曾专美。

名师指津

作者写"淝水之战"是为了借古讽今，指出强大的敌人并不可怕，只要弱小的一方敢于斗争，就能打败的强敌。

【作者简介】

李纲（1083—1140），字伯纪，福建邵武人。宋徽宗政和二年进士。金兵入侵，任兵部侍郎，后为尚书右丞。他亲身督战，屡陈御敌之计，但因钦宗听信谗言被贬。南宋高宗召为相，他积极备战，敌不敢犯。后因高宗听信主和派谗言被免。绍兴二年（1132），起为湖南宣抚使兼知潭州，被罢免。绍兴十年，卒于福州。

他的词作不多，仅存五十多首，著有《梁溪先生文集》和《梁溪词》。其七首咏史词，生动形象，风格沉雄劲健，非常出彩。

【注释】

①淝：淝水，在今安徽省寿县境内。

②索虏：南北朝时，南朝人骂北朝人为索虏。

③南牧：侵占南方的土地。

④谢公：指东晋宰相谢安，积极抗敌。

⑤颐指：形容指挥进退皆如人意。颐，面颊。

⑥八千戈甲：指晋军前锋都督谢玄等将领带精兵八千，争渡淝水，击杀秦兵。

⑦蛇豕：大猪和长蛇，比喻贪暴残害者。

⑧鞭弭（mǐ）：指驾车前进。弭，弓末梢，骨头做成，用来助驾车者解开辔结。

⑨鸣鹤：即风声鹤唳。秦国军队大败逃跑，听到风声和鹤声以为是晋兵追来。

⑩祚（zuò）：皇位。

⑪烝（zhēng）民：众多百姓。

⑫周雅：指周宣王命大臣征西戎、伐猃狁（xiǎn yǔn，北方民族），使周室中兴。

【译文】

千里长江，雪浪翻滚，风起云涌，一望无际，但南北界限分明。长江的天险难以越过，而大臣的谋略又能制胜强敌，北方的秦王苻坚难道能够吞并东晋吗？秦王苻坚率领百万大军南下，行动十分迅速，很快就到了东晋。东晋谢安积极谋划，从容指挥东晋军队打败了强大的敌人，取得了胜利。

奇迹呀！淝水岸边，前锋都督谢玄带精兵八千，就抵挡住了贪暴的秦军。坐谈之间，北方秦国苻坚的军队顺风倒下，很快被打败。秦军逃跑的路上，夜里听到风声和鹤叫的声音也以为是晋兵追来了。这场胜利使东晋得以延续，百姓得到庇护。周宣王使周室中兴的美事，并不是专有的，东晋谢安的辉煌伟业也是可以与之媲美的。

【点评】

这首词描写的是史上著名的淝水之战。上片写秦王苻坚率兵百万，大举南侵，东晋谢安积极抗敌。下片写晋军奋勇作战，深得民心，以少胜多。作者作此词，一方面是激励当今圣上，应该效仿历史上的大英雄，不畏强敌。另一方面自比谢安，希望得到朝廷重用，去抵抗金兵，保家卫国。

名师指津

作者借此劝谕南宋统治者要鼓足信心，因为南宋有同样的地理优势，也不乏抗金的人才，只要借鉴历史经验，坚决抗击金兵，就一定能以弱胜强，抵御外辱。

喜迁莺

真宗幸澶渊①

李 纲

边城寒早。恣骄虏②、远牧甘泉丰草。铁马嘶风,毡裘③凌雪,坐使一方云扰④。庙堂折冲⑤无策,欲幸坤维江表⑥。叱群议,赖寇公⑦力挽,亲行天讨⑧。

缥缈。銮辂⑨动,霓旌龙旆,遥指澶渊道。日照金戈,云随黄繖,径渡大河清晓。六军万姓呼舞,箭发敌酋难保。虏情慑,誓书来,从此年年修好。

名师指津
首句通过对边境自然气候的描写,烘托战争威胁之严重。

名师释疑
黄繖（sǎn）:即黄伞,皇帝出征用。

【注释】

①澶渊:古湖泊名。这里指澶州。北宋与辽会盟于此,史称"澶渊之盟"。

②骄虏:对西北辽贵族入侵者的蔑称。

③毡裘（zhān qiú）:指古代北方游牧民族以皮毛制成的衣服。

④云扰:形容辽军入侵扰乱,如云而起。

⑤折冲:指击退敌军。

⑥江表:长江以南的地方。

⑦寇公:宰相寇准。他指责南逃,竭力主战,使宋真宗亲征。

⑧天讨:天罚,古代指帝王奉天讨伐暴乱。这里指宋真宗亲征。

⑨銮辂:皇帝的车驾。辂,通"路",这里指车。

【译文】

  北方边塞的城镇天冷得早，恣意骄横的辽军竟敢远来进犯中原甘美的泉水、丰茂的草原。敌人的铁骑纵横，他们披着毡袭，冒着大雪，使一方国土受到了严重的骚扰。朝廷上竟然商讨不出抗敌的对策，打算逃往南方避难。危急关头，全赖寇公力挽狂澜，怒责群臣，力主天子亲自讨伐辽军。

  霎时间，皇帝的车驾启动，**霓旌龙旆**招展，直奔澶渊大道而来。一路上，金戈闪闪，黄伞如云，一天清晨宋军便渡过了澶渊河。皇帝亲征，大大鼓舞了宋军的士气，振奋了民心，辽军主帅被宋军射死，狠狠地挫败了辽军。于是，宋辽议和，互立誓书，订立盟约，从此以后两国年年修好。

> **名师释疑**
>
> 霓（ní）旌龙旆（pèi）：泛指旌旗。

【点评】

  这首词是作者以本朝实例劝告当今圣上。作者通过咏史，抒发了坚决抗敌的爱国热情。上片写辽兵入侵，在大臣求和的消极状态下，寇准力劝宋真宗亲征。下片写宋真宗渡河亲征，百姓欢呼，士气大振。辽兵畏惧，退兵讲和。可惜李纲力主抗敌的劝告没有成效，南宋王朝仍然屈辱求和。

苏 武 令

李 纲

  塞上风高，渔阳①秋早，惆怅翠华②音杳。**驿使③空驰，征鸿归尽，不寄双龙④消耗⑤**。念白衣⑥、金殿除恩⑦，归黄阁⑧、未成图报。

> **名师指津**
>
> 不论"驿使"还是"征鸿"，都没有带来任何关于二帝的消息。这说明一位忠于君国的忠臣对北宋被金人灭这一惨痛的历史事件是刻骨铭心的。

名师指津

"谁信我"三字，道出作者无尽的感伤与失落。

谁信我、致主丹衷，伤时多故，未作救民方召。调鼎⑨为霖⑩，登坛作将，燕然即须平扫。拥精兵十万，横行沙漠，奉迎天表。

【注释】

①渔阳：古郡名，在今北京东部，这里泛指北方。

②翠华：指皇帝仪仗队中用翠鸟羽毛做装饰的旗子。

③驿使：古代传递公文、信件的人员。

④双龙：指宋徽宗、宋钦宗。

⑤消耗：音信。

⑥白衣：古代称呼无官职的平民。

⑦除恩：指授官。

⑧黄阁：汉代丞相听事的门叫黄阁。这里指作者授官至宰相。

⑨调鼎：比喻宰相治理天下，掌管百事，好像鼎之调味。

⑩霖：对农田有益的雨。这里比喻有益于百姓。

【译文】

塞外的风大，秋也来得早些，令人惆怅的是徽、钦二帝杳无音讯。驿使都是空驰而回，南归的大雁已经飞走了，都没有带来任何关于二帝的消息。想我本一平民，因为皇恩而担任宰相，可是至今还没有能复仇雪耻，报答皇恩。

有谁能相信我献给皇上的一片忠心呢？可是令人伤感的是朝政多变，情况复杂，和战不定，忠奸不辨。虽想效法方、召建立中兴之业，却不能做到。作为宰相掌管百事要对百姓有益，登坛作将、领兵出征要能够横扫燕然，报仇雪耻。我希望能够率领

名师指津

欲效法古代贤臣，救国救民，却英雄无用武之地，只能空留惆怅。

十万精兵，横扫大漠，奉迎徽、钦二宗归来。

【点评】

  这首词作于北宋灭亡之后。上片写作者对宋徽宗、宋钦宗的思念之情。两位皇帝被俘北方，哀叹自己不能报仇雪恨。下片表达了一种必胜的坚定信念及报国救民的理想抱负。结尾处，"拥精兵十万，横行沙漠，奉迎天表"，表现了作者强烈的爱国精神和豪迈的英雄气概。

渔家傲

李清照

  天接云涛①连晓雾，星河欲转千帆舞。仿佛梦魂归帝所②。闻天语③，殷勤问我归何处？

  我报路长嗟日暮④，学诗谩有惊人句。九万里风鹏正举，风休住，蓬舟吹取三山⑤去。

【作者简介】

  李清照（1084—1156？），号易安居士，济南人。南渡之前，生活平静。靖康之难后，她流离失所，亲眼看见了哀鸿遍野的社会惨状。经历了丈夫病逝、诬陷通敌、改嫁遭非议等变故，晚年孤苦无依，客居他乡。

  她是著名的女词人。词的内容以南渡为界，前期以离愁别恨和自然景物为主，后期表达对国破家亡、流离失所的内心感受，具有一定社会意义。在词的理论上，提出了"别是一家，知之者少"

名师指津

"路长"隐括屈原《离骚》"路曼曼其修远兮，吾将上下而求索"之意。"日暮"隐括屈原《离骚》"欲少留此灵琐兮，日忽忽其将暮"之意。嗟，慨叹。

的说法，在词论史上占重要地位。有《漱玉词》，存词四十五首。

【注释】

①云涛：云起如波涛汹涌。出自孟浩然《宿天台桐柏观》："日夕望三山，云涛空浩浩。"

②归帝所：到天帝的居处。

③闻天语：听见天帝说话。

④日暮：指前途黯淡。

⑤三山：传说海上有蓬莱、方丈、瀛洲三座仙山。

【译文】

漫天汹涌翻滚的云涛和清晨弥漫的雾气相连接，银河流转西沉，天色将晓，众多船只扬起风帆破浪前行，如群星起舞。梦魂仿佛到了天上，隐隐约约听到天帝在说话。他关切问我要到哪里去。

我说人生路途漫长，又叹息天色已暮时间不早，学诗空有惊人诗句，壮志难酬。九万里雄风刮起，大鹏鸟正迎着大风远走高飞。风啊！不要停息，将我和这轻舟，一起吹到神仙居住的仙山去。

◆名师释疑◆
壮志难酬：伟大的志愿难以实现。壮志，伟大的志向。酬，实现。

【点评】

这首词代表了作者前期的词风，富有浪漫主义色彩。《蓼园词选》称："无一毫钗粉气，自是北宋风格。"词的开篇，描写了一幅雾气弥漫、星河转迁的壮丽场面。接着描写梦境，作者与天帝对答，借此表现了她想在理想的国度中寻求慰藉的心态。

如梦令

李清照

常①记溪亭②日暮。沉醉不知归路。兴尽晚回舟,误入藕花③深处。争④渡,争渡,惊起一滩鸥鹭。

【注释】

①常:通"尝",曾经。

②溪亭:近水的亭台。

③藕(ǒu)花:即荷花。

④争:通"怎",怎么。

【译文】

时常记起以前在溪水边的亭台上游玩的场景,那时经常游玩到日暮时分。饮宴以后,已经醉得连回去的路径都辨识不出了。一直玩到兴尽后,很晚才乘舟返回,却不小心误入了藕花的深处。怎么出去呢?奋力划呀,奋力划呀,把停栖洲渚上的满滩鸥鹭都吓飞了。

【点评】

作者仅以几个片段,便将动态的风景与作者的怡然自得相结合。她描写了年少时的春日郊游,桨声、笑语声以及鸥鹭拍翅声,构成一幅欢乐的画面,读罢让人不禁想在荷中泛舟,饮醉不归。这首词用词凝练简单,不事雕琢,富有一种自然之美。

名师指津

"常记"明确表示追述,地点在"溪亭",时间是"日暮",作者饮宴以后,已经醉得连回去的路都辨识不出了。

名师释疑

洲渚(zhǔ):水中小块陆地。

如梦令

李清照

昨夜雨疏风骤,浓睡不消残酒。试问卷帘人①,却道海棠依旧。知否?知否?应是绿肥红瘦②。

【注释】

①卷帘人:指侍女。

②绿肥红瘦:形容叶子茂密,花儿稀少。

【译文】

昨天晚上又是刮风又是下雨,雨点儿稀疏风儿急。眼看大好风光将去,我借酒消愁,酒后酣睡一夜,第二天醒来余醉仍未消除。试着问卷帘的侍女:现在海棠花怎么样?她却说海棠花依然开着。知道吗?知道吗?应该是绿叶繁茂,红花凋零了。

【点评】

这首词,前四句化用孟浩然"夜来风雨声,花落知多少"的诗意。通过问答,暗示作者惜春又不伤春。《蓼园词选》称:"一问极有情,答以'依旧',答得极淡。跌出'知否'二句来,而'绿肥红瘦',无限凄婉,却又妙在含蓄,短幅中藏无数曲折。"

凤凰台上忆吹箫

李清照

香冷金猊①,被翻红浪,起来慵自梳头。任宝奁②尘满,日上

名师指津

起首四句,词面上虽然只写了昨夜饮酒过量,翌日晨起宿醉尚未尽消。但还潜藏着另一层意思,那就是昨夜酒醉是因为惜花。词人不忍看到明朝海棠花谢,所以昨夜在海棠花下才饮了过量的酒,直到今朝尚有余醉。

南宋卷

帘钩。生怕离怀别苦，多少事、欲说还休。新来瘦，非干③病酒，不是悲秋。

休休！这回去也，千万遍阳关④，也则难留。念武陵人远，烟锁秦楼。惟有楼前流水，应念我、终日凝眸。凝眸处，从今又添，一段新愁。

【注释】

①金猊（ní）：涂金的狮形香炉，中空，香气从狮口喷出。

②宝奁（lián）：精美的梳妆盒。

③非干：不关。

④阳关：指送行时所唱的曲子。

【译文】

金狮香炉已经凉了，红色锦被胡乱地摊在床上，晨曦的映照下，波纹起伏，恍似卷起层层红色的波浪，起床后也懒得梳妆打扮。任由灰尘落满精美的梳妆匣子，呆坐在那里看着太阳照在帘钩上。真害怕离别的悲痛愁苦，有多少事想要对他说，可话到嘴边又咽了下去。近来我又消瘦了，不是因为时常醉酒，也不是因为看到凄凉的秋景而悲伤。

罢了！罢了！这次他去意已决，即使唱上千万遍的《阳关》曲，也难以留住他。他已远去，我时常独守着烟雾笼罩的秦楼，牵挂着远在武陵的他。只有楼前的流水，还会记起我整日地凝视远方，盼望他归来。在我凝神远望的地方，从今以后又会增添一段新的愁思。

◁名师释疑▷

武陵：郡名，借指丈夫所去的地方。

秦楼：出自《陌上桑》"日出东南隅，照我秦氏楼。"这里自比与丈夫别离的秦罗敷。

名师指津

又添新愁，进一步表达了别后的孤独感。内心世界描写得细致入微。

【点评】

这首词上片描写离别时的心情。"生怕"点出不焚香、懒梳头的原因。"欲说""非干""不是",以间接手法烘托离愁。下片想象别后情景。人去难留,满怀愁思无人理解。

一 剪 梅

李清照

红藕香残玉簟①秋。轻解罗裳,独上兰舟。云中谁寄锦书②来?雁字回时,月满西楼。

花自飘零水自流。一种相思,两处闲愁。此情无计可消除,才下眉头,却上心头。

【注释】

①玉簟(diàn):光滑如玉的竹席。

②锦书:书信的美称。

【译文】

初秋时节,荷花已是残香气消,光滑如玉的席子也已经有了一些凉意。百无聊赖,我轻轻解下罗纱裙,换上便装,独自登上兰舟游玩。我仰起头来遥望天空,云中有谁寄信来了?只见雁群排成人字形,一行一行向南飞,皎洁的月光照满西楼。

凋谢的花瓣飘落在水中,悠悠江水自由自在地流去。一种离别的相思,牵动你我两处的闲愁。啊!这种相思和离愁,实在无法排除。刚刚舒展微皱的眉头,却发现它又隐隐缠绕上了心头。

◆名师释疑◆
百无聊赖:精神上无所寄托,感到什么都没意思。聊赖,依赖。

【点评】

这是一首倾诉相思、别愁之苦的词。作者写给新婚不久便外出的丈夫，诉说独居的孤寂之感，希望丈夫早日归来。

上片从清秋独自泛舟出游以排遣愁怀，写到西楼望月，恨雁来无书，表达了对心上人的时刻挂念，盼望他能从远方寄来"锦书"。下片以花落水流比拟丈夫离开后的寂寞，两地相思之情如同花儿飘零、水流向东那样自然，说明彼此情深义重。

醉花阴

李清照

薄雾浓云愁永昼，瑞脑①消金兽②。佳节又重阳，玉枕纱厨③，半夜凉初透。

东篱④把酒黄昏后，有暗香⑤盈袖。莫道不销魂，帘卷西风，人比黄花瘦。

【注释】

①瑞脑：一种薰香名，又称龙脑，即冰片。

②金兽：兽形的铜香炉。

③纱厨：即纱帐。

④东篱：出自陶渊明《饮酒》："采菊东篱下，悠然见南山。"泛指采菊之地。

⑤暗香：幽香，本指梅花，这里指菊花。

名师指津

词人在重阳节傍晚独自一人在东篱饮酒，衬托出无语独酌的离愁别绪。

【译文】

　　稀薄的雾气和浓密的云层使我从早到晚忧愁了一整天,龙脑的香料早已在金兽香炉内烧完了。美好的重阳佳节又到了,我枕着玉枕躺在轻纱笼罩的床上,半夜醒来感觉凉气透彻全身。

　　黄昏的时候,在菊花盛开的东篱饮酒,回家的时候淡淡的菊花清香依然飘满双袖。不要以为独守闺中不会让人<u>黯然神伤</u>,当秋风吹过,珠帘卷起时闺中少妇因为饱尝寂寞忧愁之苦,人比黄花更加消瘦。

【点评】

　　这首词描写的是重阳节。

　　上片寥寥数句,把闺妇的愁态描写出来。"佳节又重阳",句意深沉,暗示在此佳节之际,丈夫不在身边。"又"具有浓厚的感情色彩,表达了悲伤之情。"半夜凉初透",不只描写天气转凉,更衬托内心凄凉。

　　下片写重阳节赏菊饮酒。把酒赏菊并不能缓解愁思,反而愈加苦闷。她一边饮酒,一边赏菊,不禁触景伤情。"有暗香盈袖"化用<u>《古诗十九首》</u>"馨香盈怀袖,路远莫致之",暗示无法排遣对丈夫的思念。末三句,用黄花比喻人的消瘦,暗示相思之深。

　　作者擅长寓情于景,情景交融。以自身为主体形象,人与环境相契合,令人印象深刻。

➤ **名师释疑** ➤

黯然神伤:指心神悲沮的样子。

《古诗十九首》:组诗名,为南朝萧统从传世无名氏《古诗》中选录十九首编入《昭明文选》而成。《古诗十九首》深刻地再现了文人在汉末社会思想大转变时期追求的幻灭与沉沦,心灵的觉醒与痛苦。

念奴娇

李清照

萧条庭院，又斜风细雨，重门须闭。宠柳娇花①寒食近，种种恼人天气②。险韵诗③成，扶头酒④醒，别是闲滋味。征鸿过尽，万千心事难寄。

楼上几日春寒，帘垂四面，玉阑干慵倚。被冷香消⑤新梦觉，不许愁人不起。清露晨流，新桐初引⑥，多少游春意。日高烟敛，更看今日晴未？

名师指津

一句"征鸿过尽，万千心事难寄"，道出词人闲愁的原因：思念远行的丈夫，"万千心事"却无法捎寄。

【注释】

①宠柳娇花：受到春天宠爱的柳和花。

②恼人天气：指寒食节前后的阴雨气候。

③险韵诗：以冷僻难押的字做韵脚的诗。

④扶头酒：易醉的酒。出自贺铸《南乡子》："易醉扶头酒，难逢敌手棋。"

⑤香消：香炉中的香已烧完。

⑥初引：初长。《世说新语·赏誉》："于时清露晨流，新桐初引。"

【译文】

庭院里寂寞冷清，微风中下着淅淅沥沥的小雨，只得关上重重的门户。柳翠花艳，备受春天的宠爱，寒食节快到了，可是却遇到了这种恼人的天气。以冷僻难押的字做韵脚的诗已经完成，易醉的酒也已醒来，依然觉得百无聊赖，无所事事。南飞的大雁已经过去，无数想要对爱人诉说的心事却没有寄出去。

楼上连着几天弥漫着春天的寒气，四面的帷帘也一直垂着没有卷起，也懒得倚靠白玉栏杆远望。我从梦中醒来，被子里冰凉难耐，香炉里的香已经烧尽，不容许我这个愁人沉睡不起。春日的清晨，露珠晶莹欲滴，桐树初展嫩芽，勾起了我浓浓的游春的情意。太阳渐渐升起，雾霭逐渐散去，看看今天是不是晴暖的天气？

名师指津

一觉醒来感觉到了凉意，让人深深体会到词人内心那种百无聊赖、孤眠寂寞的滋味。

名师释疑

雾霭（ǎi）：指雾气，形容雾气腾腾的样子。

【点评】

这首词上片表达"心事难寄"。从寒食节的阴雨天气，引出借酒浇愁之态。下片说"新梦初觉"，从梦后晓晴引发游春之意。《蓼园词选》称："只写心绪落寞，近寒食更难遣耳。陡然而起，便尔深邃，至前段云：'重门须闭'，后段云：'不许不起'，一开一合，情各戛戛生新。起处雨，结处晴，局法浑成。"

武 陵 春

春　晚

李清照

风住尘香①花已尽，日晚倦梳头。物是人非事事休，欲语泪先流。

闻说双溪②春尚好，也拟泛轻舟。只恐双溪舴艋舟③，载不动许多愁。

名师指津

连用了"闻说""也拟""只恐"三组虚字，作为起伏转折的契机，一波三折。

【注释】

①尘香：花落在地，连尘土都沾到香气。

②双溪：水名，在今浙江金华燕尾洲地段。

③舴艋（zé měng）舟：小船。

【译文】

春风停止吹息，花儿零落殆尽，尘埃中夹杂着花香，天色已晚还懒于梳头。眼前风物依然是原来的模样，而人却与以前不一样了，对一切事物都丧失了兴趣，想要诉说苦衷，眼泪早已先流了下来。

听说双溪那个地方春光还好，也打算乘着小舟前往观赏。只是恐怕漂浮在双溪上的小小蚱蜢船，载不动我内心深处的许多忧愁。

名师指津
构思极为巧妙，愁是无形的，船却载不动，说明其重可知。

【点评】

作者借景抒情，面对他乡春夜，内心沉重，一点也不快乐。即使春日令她想去出游泛舟，也很快被忧愁所代替。

这首词抑扬顿挫，余味不尽。作者运用三组口语词"闻说""也拟""只恐"，委婉地表现了难以形容的内心世界。词中比喻形象鲜明，通俗自然，将其难以排遣的身世之悲、飘零之痛表现得淋漓尽致。

声声慢

李清照

寻寻觅觅，冷冷清清，凄凄惨惨戚戚①。乍暖还寒时候，最

名师指津
秋日清晨，朝阳初出，故言"乍暖"；但晓寒犹重，秋风砭骨，故言"还寒"。

难将息。三杯两盏淡酒，怎敌他，晚来风急？雁过也②，正伤心，却是旧时相识。

满地黄花③堆积，憔悴损④，如今有谁堪摘？守着窗儿，独自怎生得黑！梧桐更兼细雨，到黄昏，点点滴滴。这次第，怎一个愁字了得！

【注释】

①戚戚：忧愁的样子。

②雁过也：出自赵嘏《寒塘》："乡心正无限，一雁度南楼。"这是说雁过伤客心。

③黄花：菊花。

④损：极。表示程度极高。

【译文】

若有所思地在家里到处寻觅，希望找到点什么，可是眼前冷冷清清的景象，让人凄凉惨痛，悲戚的情绪更加痛彻心扉，难以忍受。秋季忽热忽冷的气候最难让人保养休息。饮几杯味道淡薄的酒，怎么抵挡得了傍晚突如其来的寒风呢？正当我伤心的时候，天空中一行秋雁飞过，原来是去年曾飞来过的旧相识。

地上到处是零落的菊花，堆积在一起，憔悴枯损。如今有谁能与我一块采摘啊！整天守在窗子边，一个人孤孤单单的，怎么才能挨到天黑啊！到黄昏时又下起了绵绵细雨，点点滴滴洒落在梧桐叶上，发出令人心碎的声音，这种情形一个愁字又怎么能说得清、说得尽呢！

【名师指津】

金兵入侵、国土沦丧、人民流离失所，作者饱经风霜，历尽磨难，心中苦闷千言万语也说不尽。

【点评】

　　这首词是作者后期的代表作。上片开篇借秋日黄昏的景，抒发作者的忧愁。梧桐更兼细雨，引发无限感慨。作者思潮不定，情绪不平。"怎敌他，晚来风急？""怎一个愁字了得！"以反诘的口吻，反映了对现实的不满。"愁"充满了身世之戚、沦落之悲。尽管词中是在诉苦，但也隐约流露出作者对生活的执着向往，不甘心走入绝境。

　　在语言上，凝练自然，变化多端，有极强的艺术感染力。作者运用双声、叠字，使声音、节奏和情调、气氛相契合。"寻寻觅觅，冷冷清清"八个叠字，抒发了作者若有所失之情；"凄凄惨惨戚戚"六个双声字，又属齿音，给人以凄冷之感；"点点滴滴"写尽作者在雨中的哭诉。全篇多用齿声、舌声字，"清清""凄凄""惨惨""戚戚""乍"等，促进了情感的宣泄。

> ◀名师释疑◀
> 反诘（jié）：意思是反问，但又不同于反问，它有追问、责问的意味。反诘是用疑问的形式表达确定的意思，以加强语气。

鹧鸪天

李清照

　　寒日萧萧上锁窗①，梧桐应恨夜来霜。酒阑更喜团茶②苦，梦断偏宜瑞脑香。

　　秋已尽，日犹长，仲宣③怀远更凄凉。不如随分尊前醉，莫负东篱菊蕊黄。

【注释】

①锁窗：雕有连环花纹的窗户。

> 名师指津
> 用"萧萧"形容"寒日"，一下子便给深秋的清晨带来迟暮的气氛，也为全词设定了一个色调凄清的背景。

②团茶：宋代进贡官廷的茶饼，上印龙凤图纹。

③仲宣：汉末王粲（177—217），字仲宣。

【译文】

深秋冷落萧索的阳光照到了雕有连环花纹的窗户上，梧桐为一夜秋霜所侵，应有凋零之恨吧！酒后更喜欢品尝团茶的苦味，梦中醒来最适合闻瑞脑那沁人心脾的香气。

秋天即将过去，白昼依然十分漫长。比起王粲《登楼赋》所抒发的思乡情怀，我觉得更加凄凉。不如向陶渊明那样，随意沉醉酒中以摆脱忧愁，千万不要辜负东篱下那盛开的菊花。

【点评】

这首词作于南渡初年。作者借景抒怀，表达思乡之苦。

上片，情景交融，比兴并立。秋晨，暗淡的阳光照入屋内，一片凄清。窗外的梧桐为秋霜所侵，叶子已经凋零！窗内人与窗外梧桐有切肤同感。她感同身受，也同样饱经风霜，凄惨凋零。以"酒阑""梦断"含蓄地表达了思乡之情。"更喜""偏宜"只是自我安慰而已。上片抑扬顿挫，富于变化，蕴藉有致，第一次体现了作者的豁达胸襟和洒脱性情。

下片，以情移景，与上片首句呼应。词人主观上觉得秋天日长，看似无理，实则有情，有度日如年之感。她以王粲登楼望远的故事，与自己如今的思归作比，将自己的思乡与伤时相联系。中原沦陷，有家难归，更加悲痛。笔锋一转，词尾开阔，推出新意。"不如随分尊前醉，莫负东篱菊蕊黄。"看似超脱，实际仍然凄苦，第

◆名师释疑◆

沁（qìn）人心脾：原指芳香凉爽的空气或饮料使人感到舒适。也形容诗歌和文章优美动人，给人清新爽朗的感觉。

二次体现作者的豁达与洒脱。

感情色彩上,这首词与《蝶恋花》相近。南渡之初,丈夫尚在,乐观洒落体现明显。沈曾植称赞:"易安倜傥有丈夫气,乃闺阁中苏辛,非秦柳也。"

菩萨蛮

李清照

风柔日薄①春犹早,夹衫乍着心情好。睡起觉微寒,梅花鬓上残。

故乡何处是?忘了除非醉。沉水②卧时烧,香消酒未消。

名师指津

"觉微寒"是因为刚刚睡起,仍扣早春。鬓发上插戴的梅花已经残落。春风闲适恬静,情感基调是欢欣的。

【注释】

①日薄:形容日气温煦。

②沉水:一种香木所制的香,又名沉香。

【译文】

暖风习习,阳光温煦,人们从严冬中度过,脱去厚重的冬衣,刚刚穿上春衫,无不感到心情喜悦。早春又是乍暖还寒时节,小睡起来,微寒侵肤,刚才插到鬓上的梅花也已凋零。

哪里是故乡呀?我无时无刻不在想念故乡,要想忘了故乡,除非喝醉了酒。醉卧时所烧的沉香早已炉灭香消了,而我的酒意却还没有消退。

【点评】

上片,起首两句作者故作轻淡。接着词调换韵,"睡起觉微寒,梅花鬓上残",以清丽婉转的语境,借闺中人的情态,展现心境的微妙变化。"微寒"者,以身上的微冷比喻内心凄清;梅"残"者,以花朵的凋零比喻自身的漂泊。下片直抒胸臆,揭示内心世界。以"故乡何处是"这一反问句,表达愤慨之情。虽然回答干脆,但面对国破家亡,思乡之情只会借酒浇愁愁更愁。末句奇俊曲折,烧香、残酒都消除内心的离恨。

作者始终遵守"别是一家"的理论,词诗分工,以柔婉为主要风格,以含蓄为基本笔法。借景抒情,寓情于景,语言通俗自然。在笔调上,这首词轻灵秀逸,委婉曲折,蕴藉巧妙,表现了词体与词人的当行本色。

怨王孙

李清照

湖上风来波浩渺①。秋已暮,红稀香少。水光山色与人亲,说不尽,无穷好。

莲子已成荷叶老。清露洗,蘋花②汀草。眠沙鸥鹭不回头,似也恨,人归早。

【注释】

①浩渺:广远貌,弥漫无际的样子。

②蘋花:生浅水中,茎软、顶生小叶四片,色青。

【译文】

秋高气爽,湖面上西风吹起了悠远的水波。暮秋时节,湖上

名师指津

秋高气爽,常见风平浪静,而一旦朔风初起,便会吹起悠远的水波,宣告着深秋到了,所以说"秋已暮"。

的荷花已是<u>香消玉殒</u>。水光山色与人十分亲近，这无限的风光真是令人陶然欲醉。

莲子结实饱满，荷叶也已经衰老，临近岸边的蘋花汀草，经过秋露的泼洗，十分清爽。鸥鹭却把头扭在一边不理人，原来它们好像在怪游人为什么不在此清幽之地多作流连,偏要匆匆地回去呢。

【点评】

这首词作于结婚之前的秋天。早年作者喜欢游湖泛舟，此词便表达了游湖时的喜悦之情。语言浅显流畅，新颖清新，情趣盎然。

上片起首两句描写晚秋湖上的风景。以西风波起、荷花残败反衬下句，"水光山色与人亲，说不尽，无穷好"。她陶然在秋山秋水之中，赋予灵性和生命力，给人温馨与慰藉之感。下片想象晚秋之景，饱满的蓬房和被秋露浸洗的蘋花汀草，令人觉得秋光胜似春光。结尾"眠沙鸥鹭不回头，似也恨，人归早"，更加写出了鸥鹭的灵动之美，反映了作者游湖的兴致和对秋景的留恋，也感慨现实生活的幽静与知音的难得。

蝶恋花

李清照

泪湿罗衣脂粉满。四叠阳关[①]，唱到千千遍。人道山长山又断，萧萧微雨闻孤馆。

惜别伤离方寸乱。忘了临行，酒盏深和浅。好把音书凭过雁，东莱[②]不似蓬莱远。

名师释疑

香消玉殒：像玉一样陨落，像花一样凋谢。比喻美丽的女子死亡。

名师指津

词人明明是自己留恋这里的湖光山色，不愿离去。但却不明说，反婉转地说是鸥鹭舍不得游人离去，以致不肯理睬归去的游人。

名师指津

"乱"字真切传神地写出了离别之际千言万语一起涌上心头，却又无从说起的复杂心情，一片真情真态跃然纸上。

【注释】

①四叠阳关：王维绝句被谱入乐府。宋代唱《阳关曲》，每句皆叠，故为四叠。

②东莱：指莱州，今属山东。

【译文】

要与亲人分别了，止不住的泪水打湿了罗衣，脂粉也沾满了衣袖，四叠阳关曲已经唱了又唱，遍遍催人泪下，难以分离。临别之际就知道此行路途遥遥，山长水远，而今行至"山断"之处，遇到潇潇细雨，又独处孤馆，更是令人愁上加愁。

最可珍惜的是临行交杯、相互叮嘱，可是当时自己心烦意乱，酒未到，心先醉，什么要紧话也没说。好在东莱不像蓬莱距离此地那么遥远，只要能时常鱼雁传书，仍可不断联系。

【点评】

这首词作于宣和二年，描写了夫妻的离别之情。当时，丈夫明诚起知莱州，将离故居青州。

上片起首写别时泪，唱送别歌，以夸张和白描的笔法，毫不掩饰内心的悲痛。三、四句笔锋一转，为丈夫设想，想象丈夫的旅途艰苦和野宿凄凉，描绘出一幅"今宵酒醒何处，杨柳岸晓风残月"的新境。下片与上片首两句相呼应，回忆了离别时的一个情景，把离恨之情表现得淋漓尽致。结句又出新意，怀着淡淡的希望，自我慰藉。从热烈激切之辞转入温婉隽永之境，表现了作者的纵横开阖之笔。

名师指津

热泪纵横，犹无法表达亲人离别时的千般别恨、万种离情，似唯有发之于声，方能道尽惜别之痛、难分难舍之情。

蝶恋花

上巳召亲族[①]

李清照

永夜恹恹欢意少,空梦长安[②],认取长安道。 为报今年春色好,花光月影宜相照。

随意杯盘虽草草[③],酒美梅酸,恰称人怀抱。醉莫插花花莫笑,可怜春似人将老。

【注释】

①上巳召亲族:古人有上巳修禊的习俗。在阴历三月上旬巳日,召宴亲友,临水插花,祓除不祥。

②长安:此处指北宋国都汴梁。

③杯盘草草:酒菜简单,不丰盛。

【译文】

长夜里我心情不好,欢意甚少,梦中我到了汴京,看到了汴京城的宫阙楼台。今年的春色和往年一样好,花光月影应该相互伴随。

随意准备了一些简单的酒菜,酸梅酿成的酒,和我辛酸的怀抱是相称的。醉里插花,请花儿不要笑话我老了,要知道春天也像人一样快要衰老了。

【点评】

这首词作于建炎三年(1129)三月。

上片开篇点明时代背景和思想状态,当时皆属于特殊时期。

名师指津

南渡以后词人夜里辗转反侧,梦见汴京,看到汴京的宫阙城池,然而实不可到,故说"空",抒写对汴京被占的沉痛哀思。

"永夜恹恹"象征了国家衰落，一蹶不振。"空"既有思乡之情，又有国复之志。在漫漫长夜，夫妻聊作应节之宴。末两句的"报"和"宜"，流露出她应时纳俗、强颜欢笑的内心痛苦。正反两面，跌宕起伏，极曲折起落之致。

下片抒情，描写此时此境的感受。看着杯盘草草，只能借酒消愁，内心更加酸楚。作者借醉后插花的风俗，看似无理的"花莫笑"，其实是在掩饰"人欲泪"的愁恨情绪。从花笑联想到人老，从人老又想到了春老，句句精彩，跌宕起伏。尾句"可怜春似人将老"，以春老喻春意阑珊，象征着物是人非、国家已衰的事实，与开端"永夜恹恹"相呼应。

◆名师释疑◆

春意阑珊（lán shān）：指春天就要过去了。阑珊，将尽，将衰。

浣溪沙

李清照

髻子①伤春懒更梳，晚风庭院落梅初。淡云来往月疏疏。

玉鸭熏炉②闲瑞脑，朱樱斗帐③掩流苏。通犀④还解辟寒无？

【注释】

①髻子：梳在头顶上的发结。

②玉鸭熏炉：精美的鸭状香炉。

③朱樱斗帐：红如樱桃的小帐。斗帐，形如覆斗的小帐。

④通犀：即通天犀。角上有一白缕直上到尖端，故名。传说把犀牛角悬于帷帐，可以避寒。

【译文】

春愁折磨得人毫无兴致,我连发髻也懒得去精心梳理。庭院中晚风料峭,梅残花落,天空中飘浮着淡淡的云朵,月亮也显得朦胧遥远。

玉制的鸭形熏炉也因为懒得熏香而长期闲置着,绣着樱桃花的粉色方顶小帐被流苏所掩。那株犀牛角,是不是还能生出融融暖意为人驱寒呢?

【点评】

这首词以和谐的词境表达人的内心情感,为婉约词的佳作。

上片开篇点明伤春的主题。古代闺中妇女,梳妆是必修课,代表着对爱情的珍惜和人生的严谨。女为悦己者容,可女子髻子"懒更梳",点明了伤春的根源。"晚风庭院落梅初,淡云来往月疏疏",借景抒情,情景兼至,情随景生。以晚风、落梅暗示年华老去,以淡云疏月象征内心的迷茫和淡淡哀伤。下片的景从室外转入室内,寓情于景。女子不熏香,也不睡觉,已经心灰意冷。"通犀还解辟寒无"一句反问,陡生新意。

作者通过对女子内心世界的细致入微的描述,将闺情含蓄委婉地表现出来。词风曲折清丽,笔意浑融。

孤雁儿

李清照

世人作梅词,下笔便俗。予试作一篇,乃知前言不妄耳。

名师指津

用比喻手法，把悲苦之情化为具体可感的形象。

名师指津

下片正面抒写悼亡之情，词境由晴而雨，跌宕之中意脉相续。

藤床①纸帐朝眠起，说不尽、无佳思。沉香断续玉炉寒，伴我情怀如水。笛里三弄②，梅心惊破，多少春情意。

小风疏雨萧萧地，又催下、千行泪。吹箫人去③玉楼④空，肠断与谁同倚。一枝折得⑤，人间天上，没个人堪寄。

【注释】

①藤床：藤制躺椅。

②笛里三弄：吹笛三次或奏三曲。

③吹箫人去：化用的是秦穆公女弄玉与其夫萧史的故事。喻知音已去，指明诚之亡故。

④玉楼：楼的美称。指穆公为弄玉夫妇所筑凤台。

⑤一枝折得：南朝陆凯曾寄诗和一枝梅花赠给他的朋友范晔。诗曰："折花逢驿使，寄与陇头人。江南无所有，聊赠一枝春。"

【译文】

清晨从藤床纸帐中睡醒起来，说不尽的孤苦思念涌上心头。熏香时断时续，使得玉炉也有些寒意，伴着我凄凉如水的情怀。忽然听到玉笛声响起，梅蕊好像被其惊起，送出了春的信息。

微风习习，细雨蒙蒙，此情此景又催下了愁人千万行眼泪。吹箫的人已经逝去，只留下了空空的玉楼，愁肠欲断又能与谁一起倚靠着栏杆呢？折下一枝梅，边看天上人间，也没有让我寄送的地方。

【点评】

这首词的词牌原是《御街行》。作者以白话词句，以故为新，不落俗套，谱成一曲至情至性的哀音之作。

上片从人到梅。藤榻纸帐，写出了环境的简陋和凄凉。"说不尽、无佳思"，以寻常语度入音律，奠定了全词的基调。香断成灰，心寒似水，表达了作者的情怀。三奏的笛声，将梅花惊醒，初放的梅花给人以春的气息。由心理活动引出梅花，以俗为雅，自创新格。

下片从梅到人。春雨潇潇，对梅而言是春情无限，却催人泪下。活用典故，点明了悼亡主题。作者与丈夫情投意合，将自己比作弄玉，丈夫比作萧史，恰当自然。但弄玉萧史双宿双飞，她却是"吹箫人去"。结尾再用典故，借南朝陆凯以梅寄赠好友范晔的典故，表达悲痛之情。"人间天上"，情意绵绵，明白如话，却悲苦愁恨，余味不尽。

清平乐

李清照

年年雪里，常插梅花醉。挼①尽梅花无好意，赢得满衣清泪。

今年海角天涯，萧萧两鬓生华②。看取③晚来风势，故应难看梅花。

【注释】

①挼（ruó）：揉搓。

②生华：生白发。

③取：语助词。

名师指津

踏雪寻梅，折梅插鬓，多么快乐，多么幸福！这"醉"字，不仅是酒醉，更表明女词人为梅花、为爱情、为生活所陶醉。

【译文】

年少时，年年陶醉于在冰天雪地里插梅赏梅。如今虽然梅枝在手，却无好心情去赏玩，只是漫不经心地揉搓着，看着梅花我触景生情，无限伤感，不禁泪满衣衫。

而今四处漂泊，我渐渐憔悴苍老，头发稀疏，两鬓也花白了。看来晚上要刮大风了，一夜风霜过后，梅花就要凋零败落，将难以赏梅了。

【点评】

这首词是作者晚年之作，托物言志，借梅花抒发今昔之感。感情基调悲深凄绝，是作者咏梅的绝唱之作。

作者运用对比的写法，将上、下片作比。上片"年年雪里，常插梅花醉"写往昔，下片"今年海角天涯，萧萧两鬓生华"写今朝。抚今追昔，看到繁华尽逝，悲伤不已。下片更是情感的宣泄，声泪俱下，声如裂帛。"晚来风势"一语双关，既写自己的衰老，又写国运衰微。"故应难看梅花"，以梅花自比，写出自己对繁盛岁月已逝的沉痛诀别。现实无情，今非昔比，再无赏梅的雅兴。

❥名师释疑❥

裂帛：指撕裂缯帛发出的清厉声。

名师指津

上片写荡完秋千的精神状态。词人不写荡秋千时的欢乐，而是剪取了"蹴罢秋千"以后一刹那间的镜头，以静写动，以花喻人，一位天真纯洁的少女形象跃然纸上。

点 绛 唇

李清照

蹴①罢秋千，起来慵整纤纤手。露浓花瘦，薄汗轻衣透。
见客入来，袜刬②金钗溜。和羞走，倚门回首，却把青梅嗅。

【注释】

①蹴（cù）：踩，踏。这里指打秋千。

②袜刬（chǎn）：穿袜行走。

【译文】

荡完秋千，从秋千上下来，懒洋洋地活动一下娇弱的小手。身旁的树叶上挂满晶莹的露珠，枝上的花骨朵儿含苞待放；身上薄薄的罗衣被香汗湿透了。

见到有客人进来。只能穿着袜子含羞跑走，匆忙间，头上的金钗滑落下来。走到门口时，回过头来，假装嗅着青梅，娇羞地瞅了瞅那位客人。

名师指津：生动形象的神态描写，体现了少女的娇羞。

【点评】

这首词是作者的前期之作，刻画了一个天真活泼、又含羞的少女形象。上片写荡秋千直到大汗淋漓的欢快场景。下片写猝然来生人，少女含羞跑走的神态。人物刻画生动逼真，形象鲜明，文笔灵动。

满江红

岳 飞

怒发冲冠，凭阑处、潇潇①雨歇。抬望眼、仰天长啸②，壮怀激烈。三十功名尘与土③，八千里路云和月。莫等闲，白了少年头，空悲切。

靖康耻④，犹未雪。臣子恨，何时灭。驾长车⑤、踏破贺兰山⑥

名师指津：为什么这首词第一句就表现出如此强烈的愤怒的感情？这是作者理想与现实发生尖锐的矛盾冲突的有感而发。

缺⑦。壮志饥餐胡虏肉，笑谈渴饮匈奴血。待从头、收拾旧山河，朝天阙!

◆名师释疑◆
朝天阙：指回京献捷。天阙，皇帝居处，借指朝廷。

【作者简介】

岳飞（1103—1142），字鹏举，相州汤阴（今属河南省）人。二十岁从军，南宋初期屡建奇勋，抗金四大名将之一。因力主北伐、反对求和，被秦桧所害。孝宗淳熙六年（1179），赐谥武穆。宁宗嘉定四年（1211），追封鄂王。

文学涉及诗、词、散文，传世不多，集为后人所编。词作表达了强烈的爱国精神，风格慷慨激昂，又沉郁悲壮，具有时代和民族特色。

【注释】

①潇潇：形容雨势急骤。

②长啸：感情激动时撮口发出清而长的声音，是古人抒情的方式。

③尘与土：功名犹如尘土，指报国壮志未能实现。

④靖康耻：指靖康二年，金兵攻陷汴京，虏走宋朝徽、钦两位皇帝。靖康，宋钦宗赵桓年号。

⑤长车：战车。

⑥贺兰山：在今宁夏西，当时为西夏统治区。此处借指金人所在地。

⑦缺：指险隘的关口。

【译文】

我的愤怒到了极点，独自登高凭栏，这时候疾风骤雨刚刚停歇。抬头远望天空，我禁不住对天长啸，豪壮的胸怀激动剧烈。三十年的功名如同尘土，八千里南征北战的路程，披星戴月，日夜兼程。不要随便将青春岁月虚度，等到老年白发满头，想要为国建功立业，只能够空自悲伤。

靖康年间的奇耻大辱，至今还未洗雪。作为国家臣子的愤恨，何时才能<u>泯灭</u>！驾驭战车，攻破贺兰山险隘的关口。满怀壮志，恨不得饥饿时吃胡虏强敌的肉，谈笑风生，恨不得口渴时饮匈奴暴徒的血，等到重新收复旧日山河，向朝廷奏报胜利的消息。

【点评】

这首词洋溢着勇赴沙场、气吞山河的豪情壮志，令人振奋。它不仅激发了人们的爱国主义精神，也让我们对岳飞戎马一生的英雄形象有了清晰的认识。慷慨激昂的爱国情操和岳飞的英雄气概相得益彰，相映生辉。因此，《满江红》被公认为岳飞的代表作品，是一首爱国战歌。

上片刻画了作者想要报国立业的迫切心情。下片意义深刻，一方面写了对金兵入侵的深仇大恨，另一方面表达了山河统一的急切心愿及忠于朝廷的赤诚之心。

从艺术手法上看，这首词感情慷慨激昂，<u>气势磅礴</u>恢宏，风格豪迈激荡。结构严谨，一气呵成，有着强烈的感召力。

◆ 名师释疑 ◆

泯(mǐn)灭：消灭，消失。

气势磅礴：形容气势雄伟壮大。磅礴，广大无边的样子。

小重山

岳 飞

昨夜寒蛩[1]不住鸣。惊回千里梦,已三更。起来独自绕阶行。人悄悄,帘外月胧明[2]。

白首为功名。旧山松竹老,阻归程。欲将心事付瑶琴[3]。知音少,弦断有谁听?

【注释】

①寒蛩(qióng):深秋的蟋蟀。

②胧明:微明。

③瑶琴:琴的美称。古人认为琴所奏出的是天上瑶池的音乐,故把琴称作"瑶琴"。

【译文】

昨晚深秋的蟋蟀不断哀鸣。从回到千里之外故乡的美梦中惊醒,已经三更天了。我站起身来,孤独地绕着庭院的台阶徘徊。人们还在睡梦中,四周一片寂静,帘外面的月亮朦胧微明。

为了建立功名头发已花白,家乡的松竹也长大了,是什么阻断了归家的路程?想要将心事寄托在瑶琴上,可惜知音太少了,琴弦也弹断了,又有谁会聆听呢?

【点评】

这首词抒发了志向难酬的苦闷之情。上片描写三更时分,寒蛩的叫声将作者收复中原的美梦打断。作者怀着无比惆怅的忧思,

名师指津

首句起兴,渲染一种凄凉的氛围,为下文抒情做铺垫。

名师指津

上片寓情于景,写作者思念中原、忧虑国事的心情,寄寓壮志未酬的忧愤。以景物描写来烘托内心的孤寂,显得曲折委婉。

独自徘徊在院中。下片写理想与现实的矛盾,以至愤懑、惆怅塞满心头。知音难觅,即使内心苦闷,也无人知晓。

全词以委婉低沉之笔抒发爱国之情,感情沉郁凄怆,具有强烈的感染力。

钗 头 凤

陆 游

红酥手①,黄縢酒②,满城春色宫墙柳③。东风恶,欢情薄。一怀愁绪,几年离索。错,错,错!

春如旧,人空瘦,泪痕红浥④鲛绡⑤透。桃花落,闲池阁。山盟虽在,锦书难托。莫,莫,莫!

名师指津

词的上片通过追忆往昔美满的爱情生活,感叹被迫离异的痛苦。

名师指津

"人空瘦"这一"空"字,把词人那种怜惜之情、抚慰之意、痛伤之感等表现得淋漓尽致。

【作者简介】

陆游(1125—1210),字务观,号放翁,越州山阴(今浙江绍兴)人。绍兴三十一年(1161),宋孝宗赐进士出身。乾道六年(1170),在四川宣抚使王炎幕府办理军务。又任四川制置使范成大幕府参议官,不拘礼法,被认为"恃酒颓放",故自号"放翁"。东归后,先后任地方官,不久罢归隐退。恢复中原之志终没实现,怀着悲愤去世。

诗的艺术创作上,继承了屈原、杜甫、苏轼的优良传统。内容上,多抒写抗金杀敌的豪情壮志和对敌人及卖国贼的仇恨之情。风格雄奇奔放,沉郁悲壮,洋溢着强烈的爱国主义激情。成就突出,不仅是南宋诗坛领袖,也是我国伟大的爱国诗人。词作不如诗篇巨大，现存一百三十多首，也贯串了气吞山河的爱国主义气势，风格多样，既豪放，又婉丽飘逸，感情深沉。著作有《剑南诗稿》《渭南文集》《放翁词》《老学庵笔记》等。

【注释】

①红酥手：红润白嫩的手。

②黄縢（téng）酒：一种美酒名。

③宫墙柳：皇宫中的垂柳。暗示唐琬的可望而不可即。

④浥（yì）：湿润。

⑤鲛绡（jiāo xiāo）：神话传说鲛人所织的绡，极薄，后泛指薄纱。绡，生丝。

【译文】

红润柔软的手，醇美的黄縢酒，满城都是怡人的春天景色，宫墙内的绿柳在春风的吹拂下摇曳生姿。东风残酷无情，花儿过早地凋零飘落。一怀愁怨的情绪，几年萧索的离别生活。现在回顾起来都是错误，错误，错误！

美丽的春景依然如旧，只是人变得消瘦，泪水洗尽脸上的胭红，把薄绸的手帕全都湿透。桃花已经凋落，池塘楼阁凄寂冷落，永远相爱的誓言虽在，传送情意的书信靠谁投托呢？罢了，罢了，罢了！

【点评】

这首词在特定的环境内抒发情感，视角始终停留在沈园之中。上片由追昔到抚今，以东风恶作为转折点，回到了下片中的现实生活中。以"春如旧"与上片的"满城春色"遥相呼应,以"桃花落""闲池阁"与上片的"东风恶"相照应。将同一空间内、不同时间段的场景和事物,都栩栩如生地描绘出来。

全词采用对比的手法。往日夫妻生活越甜蜜美好,越反衬出被迫分离后的凄楚心境,形成感情的强烈落差。

诉衷情

陆 游

当年万里觅封侯①,匹马戍梁州②。关河③梦断何处?尘暗旧貂裘④。

胡未灭,鬓先秋,泪空流。此生谁料,心在天山⑤,身老沧洲!

名师指津

此二句,词人回忆了昔日奔赴抗敌前线的勃勃英姿。

◆名师释疑

沧洲:滨水的地方。古时常用以称隐士的居处。

【注释】

①万里觅封侯:这里指报国立志。东汉班超说大丈夫当"立功异域,以取封侯"。后来他出使西域,使葱岭以东五十余国归附汉朝,因功封为定远侯。

②梁州:古陕西汉中一带。

③关河:指险要的关塞及河防。关,关塞。河,河防。

④尘暗旧貂裘:貂裘积满灰尘,变色陈旧。

⑤心在天山:有万里从军的志向。

【译文】

想当年,驰骋万里奔赴沙场,渴望像东汉班超一样建功封侯,曾经单枪匹马戍守梁州。如今防守边疆要塞的从军生活只能在梦

> **名师指津**
> 词人是睹物伤情，因见貂裘而引起对往事的回忆和感慨。

中出现，梦醒时不知身在何处，只有布满了灰尘的旧时貂裘戎装。胡人未灭，鬓边头发已如秋霜微白，泪水空流。谁能料想自己这一辈子，空有一腔报国边关的热血，但只能在这种滨水的地方过隐居生活。

【点评】

这首词是作者晚年隐居山阴农村时所作。情真意切，语言通俗，明白如话。情感上，悲壮处见沉郁，愤懑却不消沉。

上片首两句回忆了当年在梁州抗敌时的心境和生活状态。后两句回归现实，写到眼前生活。昔日战斗的场景，仍然时常出现在梦中，表达作者壮志未酬，可眼前已是凄凉惨淡之况。下片承接上片，抒发自己不忘国事，却又心力交瘁的苦闷之情。末三句，苍劲悲凉，寓意深刻。"谁料"不仅感叹了自身被迫退隐的事实，还表达了对南宋统治阶层的不满。

卜算子

咏 梅

陆 游

驿外断桥边，寂寞开无主①。已是黄昏独自愁，更著②风和雨。

无意苦③争春，一任群芳妒。零落成泥碾作尘，只有香如故。

【注释】

①无主：无人过问，无人欣赏。

②更著（zhuó）：又受到。

> **名师指津**
> 这两句表现出陆游标格独高，绝不与争宠邀媚、阿谀奉承之徒为伍的品格和不畏谗毁、坚贞自守的傲骨。

③苦：尽力，竭力。

【译文】

驿站的外面，靠断桥的旁边，梅花孤单寂寞绽开了，却没有人过来欣赏。天近黄昏泛起孤独的忧愁，又遭受到风吹雨淋。

不想费尽心思去争芳斗妍，一意听凭百花去嫉妒。零落凋残变成泥，又被车轮轧碎为灰尘，只有梅花的清香依然如故。

【点评】

这是一首咏梅词。作者借写梅，托物抒情。上片描写梅花的遭遇。它的生长环境，不是荒凉的驿亭外，就是断桥旁。黄昏时分，风雨交加，这种恶劣环境渲染了梅花的悲惨遭遇。这里，作者借梅花，表现了自己被排挤的政治遭遇。下片写梅花的品格。即使凋零飘落，也保持着清香。末两句是《离骚》"不吾知其亦已兮，苟余情其信芳""虽体解吾犹未变兮，岂余心之可惩"的精神体现，句意深刻，余味不尽。

名师指津

黄昏时候的风风雨雨，多么冷落凄凉！写梅花的遭遇，也是作者自写被排挤的政治遭遇。

念奴娇

过洞庭

张孝祥

洞庭青草①，近中秋、更无一点风色②。玉鉴琼田三万顷，著我扁舟一叶。素月分辉，明河③共影，表里④俱澄澈。怡然心会，妙处难与君说。

应念岭海⑤经年，孤光自照，肝肺皆冰雪。短发萧骚⑥襟袖冷，

名师指津

舀尽长江水当酒浆,以北斗作酒器盛酒,以大地万物作宾客。

名师释疑

扣舷:拍打船边。扣,敲击。

稳泛沧浪⑦空阔。**尽挹**⑧**西江**⑨**,细斟北斗,万象为宾客。扣舷**独啸,不知今夕何夕。

【作者简介】

张孝祥(1132—1169),字安国,别号于湖居士,历阳乌江(今安徽省和县)人。绍兴二十四年(1154)进士。曾任中书舍人、显谟阁直学士、建康留守。因支助张浚北伐被免,后任荆南湖北路安抚使,治水有政绩。他的词作既有强烈的爱国内容,也有写景抒情之作。词风接近苏轼,气势豪迈,境界阔大。著有《于湖词》二卷。

【注释】

①洞庭青草:洞庭湖和青草湖。两湖连在一起,统称洞庭湖。

②风色:风势。

③明河:天河。

④表里:里里外外。

⑤岭海:岭外,即五岭以南的两广地区。

⑥萧骚:指头发稀疏。

⑦沧浪:青苍色的水。

⑧尽挹(yì):舀尽。

⑨西江:洞庭以西的长江中上游。

【译文】

洞庭湖和青草湖,临近中秋节,竟然没有一丝风势。三万顷明镜般的湖水,像美玉的田野。上面只附着我的一只小船。天上月亮和银河的光辉映入湖中,水面上下一片明亮澄澈。悠然体会着万物的空明，心中那种美妙的感受难以与人分享。

想起在岭南这段时光，月亮可以观照，我的胸襟肺腑像冰雪一样晶莹纯洁透明。如今我年岁已高，白发稀疏，秋风吹动衣襟，寒意袭人，但我稳坐小船之上，平静地在这广阔浩渺的沧浪之中泛舟。我要舀尽西江的水酿成美酒，以北斗为酒器，邀请宇宙万物为宾客，细斟豪饮。一边挥手拍着船边，一边撮口长啸发出清音。夜色如此美好，使人沉醉，竟然忘掉一切，不知今夕是何夕。

【点评】

这首词以作者自己的高洁品格和高昂生命力为基础，以皎洁的月空和空阔的湖面为背景，塑造了一个光风霁月、坦荡无涯的艺术意境和精神境界。

上片先写洞庭湖月下的景色，突出它的澄澈。"洞庭青草，近中秋、更无一点风色"，表现秋高气爽、玉宇澄清的景象，是洞庭总相。"怡然心会，妙处难与君说"，以洞庭湖的清澈，表达作者内心的澄澈，物境与心境相契合。下片着重抒情，抒发自己内心世界。

在艺术特色上，情景交融，借景抒情，恰到好处。天与水、物与心、昔与今，和谐相融，给人以美感。黄蓼园称赞："写景不能绘情，必少佳致。此题咏洞庭，若只就洞庭落想，纵写得壮观，亦觉寡味。此词开首从洞庭说至玉界琼田三万顷，题已说完，即引入扁舟一叶。以下从舟中人心迹与湖光映带写，隐现离合，不可端倪，镜花水月，是二是一。自尔神采高骞，兴会洋溢。"

◐ 名师释疑 ◐

肺腑（fèi fǔ）：肺部，泛指人的内脏。借指内心。

光风霁（jì）月：指雨过天晴时明净清新的景象。比喻太平清明的政治局面。或比喻胸襟开阔，心地坦白。

摸鱼儿

辛弃疾

淳熙己亥①,自湖北漕移湖南,同官王正之②置酒小山亭,为赋。
更能消几番风雨,匆匆春又归去。惜春长怕花开早,何况落红无数。春且住!见说道、天涯芳草无归路。怨春不语,算只有殷勤,画檐蛛网,尽日惹飞絮。

长门事③,准拟佳期又误,蛾眉曾有人妒。千金纵买相如赋,脉脉此情谁诉?君莫舞!君不见、玉环飞燕皆尘土。闲愁最苦,休去倚危阑,斜阳正在,烟柳断肠处。

名师指津

这两句一起一落,表现出理想与现实之间的矛盾。"落红",就是落花,是春天逝去的象征。同时,它又象征着南宋国国事衰微,也寄寓了作者光阴虚掷、事业无成的感叹。

名师释疑

玉环飞燕:玉环是杨玉环。飞燕是汉成帝宠爱的赵飞燕。

【作者简介】

辛弃疾(1140—1207),字幼安,号稼轩,历城(今山东济南)人。南宋抵抗派代表,临死时大呼"杀贼"。当时,中原沦丧、人民流离失所,他投身行伍,南归后仍不忘恢复中原。在词坛上,他与苏轼齐名,词风以豪放见长,突破常规,运用多种手法表达真实情感。有《稼轩长短句》,有词六百余首,为两宋词人之冠。

【注释】

①淳熙己亥:淳熙六年(1179),辛弃疾从湖北转运副使调任湖南,至潭州主持漕运。

②同官王正之:作者调离湖北转运副使后,由王正之接任原来职务,故称"同官"。王正之,名正己,是作者旧交。

③长门事:传说汉武帝时陈皇后失宠,幽居长门宫,以千金

请司马相如作《长门赋》以抒悲愁。

【译文】

　　还能经受几番风雨的侵袭？春天脚步匆匆地走了。爱惜春天，经常担心花儿开得过早，而如今已是落花满地。春天且停下脚步，听人说那芳草已经布满天涯海角，没有回归的路途。春天默默无语，算来只有那画檐下的蜘蛛网，终日勤勤恳恳地沾惹些天空中的飞絮。

　　想起长门宫中的旧事，那拟准的约会佳期被耽误，美人儿是被人嫉妒。纵然花千金买下司马相如精心写成的赋，可是含情脉脉又能向谁诉说？你不要欢欣鼓舞，你没看见，杨玉环、赵飞燕已经变为尘土！闲愁是最受煎熬的，千万不要登高凭栏远眺，夕阳现在正斜照着如烟的翠柳，这情景最是令人心碎断肠。

【点评】

　　这首词作于宋孝宗淳熙六年（1179）暮春，时年作者四十岁。当时，作者抗金杀敌、收复山河的志向还没有实现，反而担任远离战事的闲职，调任转运使掌管财赋。

　　上片以惜春为主。"惜春长怕花开早，何况落红无数"，揭示自己惜春的内心世界。担心春去花落，害怕花开得太早，将惜春的心境描写得更加深刻。对即将过去的"春"，作者真切地希望它放慢脚步，但春依旧悄然逝去。"怨春不语"，表达了作者无法将春天留住的无可奈何与惆怅之情。檐下蜘蛛，一天到晚辛勤织网，将象征残春景象的柳絮粘住，感叹昆虫比自己更有收获。

　　下片写历史事实。表面上看，似乎与上片毫不相关，实际上作者借宫中女子的事迹,与自己的遭遇作比,进一步抒发内心的感慨。结局笔锋一转,不再咏史,而是继续写景抒情。"休去倚危阑,斜阳正在,烟柳断肠处",以景语作结,余味不尽。

永遇乐

京口①北固亭怀古

辛弃疾

千古江山,英雄无觅,孙仲谋处。舞榭歌台②,风流总被,雨打风吹去。斜阳草树,寻常巷陌,人道寄奴③曾住。想当年,金戈铁马,气吞万里如虎④。

元嘉⑤草草,封狼居胥⑥,赢得仓皇北顾。四十三年⑦,望中犹记,烽火扬州路。可堪回首,佛狸祠⑧下,一片神鸦 社鼓!凭谁问:廉颇老矣,尚能饭否?

【注释】

①京口:古城名,即今江苏镇江。

②舞榭(xiè)歌台:指孙权故宫。

③寄奴:南朝宋武帝刘裕小名。杰出的政治家、军事家,南北朝时期宋朝的建立者。

④想当年,金戈铁马,气吞万里如虎:宋武帝刘裕曾两次率军北伐,收复洛阳、长安等地。

⑤元嘉:宋文帝刘义隆的年号,好大喜功,仓促北伐,遭到北魏太武帝的重创。

名师指津

"江山"冠以"千古",一入手便勾起了人们绵绵不断的今古兴亡之思。在这幅历史画轴面前,不禁从江山联想到人事,于是引出与京口有关的第一个人物:孙权。

名师释疑

神鸦:指在庙里吃祭品的乌鸦。

社鼓:祭祀时的鼓声。

⑥封狼居胥（xū）：汉朝霍去病远征匈奴，歼敌七万余，封狼居胥山（今蒙古境内）而还。

⑦四十三年：作者回归南宋王朝，到写该词时正好为四十三年。

⑧佛（bì）狸祠：公元450年，北魏太武帝<u>拓跋焘</u>曾反击刘宋军队，两个月时间，从黄河北岸一路反攻到长江北岸。并在长江北岸瓜步山建立行官，即后来的佛狸祠。

【译文】

历经千年的江山，再也难找到像孙仲谋那样的英雄了。当年的舞榭歌台还在，英雄人物却会随着岁月的流逝不复存在。斜阳照着长满青草和树木的普通小巷，人们说那是当年宋武帝刘裕曾经住过的地方。回想当年，他披坚执锐，率铁骑北伐，收复失地，气吞山河势如猛虎，是何等威猛！

宋文帝刘义隆<u>好大喜功</u>，仓促北伐，没能够效法汉将封山纪功狼居胥，只落得仓皇向南逃跑，时时回头北望追军。我回到大宋王朝已经有四十三年了，眼望中原仍然记得扬州路上烽火连天的战乱场景。往事不能回首，当年拓跋焘的行宫外，一群乌鸦啄食祭祀供品，老百姓敲鼓过社日，把他当作一位神祇来供奉。有谁会派人来探问：廉颇将军年纪大了，饭量还可以吗？

【点评】

这首词作于开禧元年（1205）。当时，韩侂胄准备北伐，赋闲已久的辛弃疾于前一年被起为浙东安抚使。这年春初，又任镇江知府，出镇江防要地京口（今江苏镇江）。从表面看来，朝廷

◀名师释疑▶

拓跋焘：字佛狸，鲜卑族，明元帝拓跋嗣长子，北魏第三位皇帝，公元423年登基，改元始光。拓跋焘在位期间，亲率大军灭亡胡夏、北燕、北凉等诸多政权，统一北方。

好大喜功：指不管条件是否许可，一心想做大事立大功。多用以形容浮夸的作风。

名师指津

廉颇被免职后，跑到魏国，赵王想再用他，派人去看他的身体情况，廉颇一顿饭吃掉了一斗米、十斤肉，被甲上马，以示尚可用。表示到了晚年还要为国出力。

对其重视，实际上只是利用他主战派元老的号召力罢了。他到任后，积极备战，也清楚地意识到政治斗争的险恶、自身处境的艰难。于是，有感而发，作此词。

上片借古意抒今情，轩豁呈露。下片通过典故揭示历史意义，感慨现实，意深味不尽。

南乡子

登京口北固亭有怀

辛弃疾

何处望神州？满眼风光北固楼。千古兴亡多少事？悠悠①。不尽长江滚滚流。

年少万兜鍪②，坐断③东南战未休。天下英雄谁敌手？曹刘。生子当如孙仲谋④。

名师指津

借用杜甫《登高》诗句："无边落木萧萧下，不尽长江滚滚来。"词人胸中倒来倒去的不尽愁思和感慨，又何尝不似这长流不息的江水呢！

【注释】

①悠悠：连绵不尽的样子。

②兜鍪（móu）：头盔，这里借指士兵。

③坐断：占据，割据。

④生子当如孙仲谋：据《三国志·吴主传》载，曹操尝试与孙权对垒，见舟船、器仗、队伍整肃，叹曰："生子当如孙仲谋，刘景升儿子若豚犬耳。"现多用来赞扬或激励。

【译文】

什么地方可以眺望中原故土呢？站在北固楼上，满眼都是美丽的风光。千年来经历了多少朝代的兴亡更替呢?往事漫长久远,只有长江水滚滚向东流,永远不停息。

年青的孙权带领了千军万马,占据东南三分天下,没有向敌人低头和屈服过。天下英雄谁是孙权的敌手呢?只有曹操和刘备两个英雄。生子要生像孙仲谋这样的人物。

【点评】

宋宁宗嘉泰四年(1204),辛弃疾任镇江知府。历来,镇江是英雄建功立业之地。在宋代,镇江是其与金人对抗的第二道防线。每当他登临北固亭,总是触景生情,不胜感慨。这首词便是在当时的情景下所作的。

全词通篇三问三答,互相呼应,感叹雄壮,意境高远。虽怀古伤今,却风格明快,为千古绝唱。

青玉案

元 夕

辛弃疾

东风夜放花千树①。更吹落,星如雨②。宝马雕车香满路。凤箫声动,玉壶③光转,一夜鱼龙舞④。

蛾儿雪柳黄金缕⑤,笑语盈盈暗香去。众里寻他千百度,蓦然回首,那人却在,灯火阑珊⑥处。

【注释】

①花千树:花灯之多如千树开花。

名师指津
一簇簇的礼花飞向天空,然后像星雨一样散落下来。一开始就把人带进"火树银花"的节日狂欢之中。

名师指津
达官显贵也携带家眷出门观灯,跟下句的"鱼龙舞"构成万民同欢的景象。

②星如雨：指焰火纷纷，乱落如雨。

③玉壶：指月亮。

④鱼龙舞：指舞鱼、龙灯。

⑤蛾儿、雪柳、黄金缕：都是古代妇女的首饰。这里指盛装打扮的妇女。

⑥阑珊：零落稀疏的样子。

【译文】

仿佛东风在夜里吹开了盛开鲜花的千棵树，又吹落了空中的繁星，像阵阵星雨。华丽的马车宝马在路上来来往往，各式各样的醉人香气弥漫着大街。悦耳的音乐之声四处回荡，玉壶般的月亮渐渐西斜，热闹的夜晚鱼龙形的彩灯在翻腾。

妇女头上都戴着亮丽的饰物，晶莹多彩的装扮在人群中晃动。她们面带微笑，带着淡淡的香气从人面前经过。我寻找她千百次，都没看见她，不经意间一回头，却看见她立在灯火深处。

【点评】

这首词描写了都市百姓元宵节观灯的场景，约写于临安任职期间。词作含意深远，构思新巧，富有意境。

上片写元宵节之夜，临安城灯火通明和百姓观灯的盛况。起首两句写满城灯火，像一阵春风把千树万树的花儿吹开，又像吹落满天星斗。民间艺人的载歌载舞、"社火"百戏，热闹非凡，令人应接不暇。下片前三句写妇女个个盛装观灯，行走间说笑不停，走过后只留衣香飘散。后三句写被寻找之人，不在热闹的街上观灯，却

◆名师释疑◆

应接不暇：原形容景物繁多，来不及观赏。后多形容来人或事情太多，应付不过来。暇，空闲。

独自待在残灯旁沉思。作者在此寄寓了深刻的含意，含蓄地反映了自己政治失意后，不肯与求和派同流合污，甘愿寂寞，保持高洁品德。

破阵子

为陈同甫赋壮词以寄

辛弃疾

醉里挑灯①看剑，梦回吹角连营。八百里分麾下②炙，五十弦③翻④塞外声。沙场秋点兵。

马作的卢⑤飞快，弓如霹雳弦惊。了却⑥君王天下事⑦，赢得生前身后名。可怜白发生。

名师指津

"看剑"表示雄心，"挑灯"点出时间。

【注释】

①挑灯：把油灯的芯挑一下，使它明亮。

②麾（huī）下：指将旗之下，部下将士。麾，古代指军队的旗帜。

③五十弦：古代有一种瑟有五十根弦。这里指军乐合奏的各种乐器。

④翻：演奏。

⑤的（dí）卢：一种骏马名。相传三国时刘备被人追赶，骑的卢马一跃三丈过河，脱离险境。

⑥了（liǎo）却：完成。

⑦天下事：指收复中原。

【译文】

从军营号角声响彻的梦境中醒来，带着醉意挑亮油灯把宝剑细看。犍牛肉分给将士们烤着吃，军乐器奏起雄壮的边塞乐曲。战场上正在进行秋季大阅兵。

战马奔跑像的卢宝马一样飞快，拉弓射箭响声似天打霹雳。一心想完成君王收复国家失地的大业，争取获得生前死后为国立功的美名。只可惜壮志难酬，白发已生！

【点评】

这首词是辛弃疾寄给陈亮的佳作。陈亮是辛弃疾的好友，主张抗击金兵。他俩同病相怜，被南宋统治阶层排挤。

整首词都在描写想象中的抗金军队生活情景。在感情基调上，前九句兴高采烈，雄姿英发。最后一句情感发生转变，写出现实与理想相矛盾，导致理想破灭。

上片描写在秋天的早上，沙场点兵的壮丽场景。起首两句写早晚的军营生活。"看剑"表达了作者的雄心壮志，"挑灯"点明了时间。"梦回吹角连营"写拂晓醒来，军营响起雄壮的号角声。末三句写到了兵士的宴饮、娱乐和阅兵的生活。从起始到结尾，境界不断延展扩大。下片写投入战场的惊险场面。"了却君王天下事，赢得生前身后名"，描写了大获全胜、凯旋时的昂扬斗志。末句转到现实中，感慨在腐败的南宋王朝统治下，作者恢复祖国河山的壮志全部落空，表达了深切的悲愤之情。

西江月

夜行黄沙道①中

辛弃疾

明月别枝惊鹊②，清风半夜鸣蝉。稻花香里说丰年，听取蛙声一片。

七八个星天外，两三点雨山前。旧时茅店社林③边，路转溪桥忽见。

【注释】

①黄沙道：南宋一条较繁华的官道。

②别枝惊鹊：惊动喜鹊飞离树枝。

③社林：土地庙附近的树林。

【译文】

明亮的月光下，受惊的喜鹊飞离了树枝，清风吹拂，蝉儿在半夜里不停鸣叫。稻花香里，蛙声阵阵，好像在诉说丰收的年景。

远方的天边还有七八颗星星在闪烁，两三点雨洒落在山前。过去土地庙树丛旁边茅草盖的乡村客店现在怎么找不见了？沿道路转过小溪上的桥头，茅店忽然出现在眼前。

【点评】

这是一首吟咏田园风光的词。上片描写夏夜山道洋溢着丰收年景，反映了作者的感受。下片描写天气阴晴不定及旧游之地，表现夜间在乡间行走的乐趣。

名师指津

表现了词人不仅为夜间黄沙道上的柔和情趣所浸润，更关心扑面而来的漫村遍野的稻花香，又由稻花香而联想到即将到来的丰年景象。此时此地，词人与人民同呼吸的欢乐，尽在言表。

名师指津

夜空晴朗，月亮悄悄升起，投下如水的月光，惊起了枝头的喜鹊；夜半时分，清风徐徐吹来，把蝉的鸣叫声也送了过来。以动衬静，表现了乡村夏夜的宁静和优美。

全诗散发着浓郁的生活气息，表现了作者的喜悦之情和对乡村生活的热爱之情。

丑奴儿

书博山道中壁

辛弃疾

少年不识愁滋味，爱上层楼①。爱上层楼，为赋②新词强说愁。

而今识尽愁滋味，欲说还休。欲说还休，却道"天凉好个秋"。

【注释】

①层楼：高楼。

②赋：创作。

【译文】

少年时期一点也不知道忧愁的滋味，喜欢登上高楼远望。喜欢登上高楼远望，是为创作出一首新词无愁而勉强说愁。

而如今尝尽了忧愁的滋味，想说却说不出，想说却说不出，只好说秋天的天气好清凉呀！

【点评】

这首词作于辛弃疾罢官后，时闲居在信州代湖。

全词通过回忆少年时的不知愁苦，反衬了如今对愁思的深刻体会。两种截然不同的情感，表现了作者受压抑、遭排挤，报国无门的痛苦，也表达了对南宋统治阶层的讽刺和不满。

上片着重回忆少年时代。那时，风华正茂，涉世不深，乐观

名师指津

下片写而今历尽艰辛，"识尽愁滋味"。"而今"二字，转折有力，不仅显示时间跨度，而且反映了不同的人生经历。在涉世既深又饱经忧患之余，进入"识尽愁滋味"的阶段。所谓"识尽"，一是愁多，二是愁深。这些多而且深的愁，有的不能说，有的不便说，而且"识尽"而说不尽，说之亦复何益？只能"却道天凉好个秋"了。

自信，对"愁"没有深切的体会。下片着重描写现在的知愁。作者同上片作比，表现随着年岁的增长、阅历的加深，对"愁"有了真切的感受。"欲说还休"不仅重复出现，还与上片的"爱上层楼"遥相呼应。总结愁苦的滋味，渲染了无处诉愁的苦衷，表达了愁绪之深。

水 龙 吟

登建康赏心亭

辛弃疾

楚天千里清秋，水随天去秋无际。遥岑①远目，献愁供恨，玉簪螺髻②。落日楼头，断鸿声里，江南游子。把吴钩③看了，栏干拍遍，无人会，登临意。

休说鲈鱼堪脍，尽西风、季鹰④归未？求田问舍，怕应羞见，刘郎才气。可惜流年，忧愁风雨，树犹如此⑤！倩何人、唤取红巾翠袖⑥，揾英雄泪？

【注释】

①岑：小而高的山。

②螺髻（jì）：螺旋盘结的发髻。

③吴钩：指吴国制造的一种兵器。后代指利剑。

④季鹰：据《晋书·张翰传》载，张翰（字季鹰）在洛阳做官，见秋风起，因想到家乡吴中的鲈鱼等美味，遂弃官而归。

⑤树犹如此：出自《世说新语》。桓温北伐经金城，见从前

名师指津

风雨比喻飘摇的国势。化用宋苏轼《满庭芳》："百年里，浑教是醉，三万六千场。思量，能几许？忧愁风雨，一半相妨。"

名师指津

岁月如流水，当年的小树，转眼间已经十围。感叹转眼之间人就老了，而事业又如何呢？难怪要百感交集，潸然泪下。

名师释疑

鲈鱼：性凶猛，以鱼、虾为食。为常见的经济鱼类之一，也是发展海水养殖的品种。

所植柳树已长得十分粗大，慨然叹道："木犹如此，人何以堪！"

⑥红巾翠袖：代指美人。

【译文】

楚地天空一派冷落凄凉的清秋气象，江水向远方的天空流去，水天相接无边无际。遥望远山，引起我的忧愁和愤恨，远山像美人头上的碧玉簪和螺髻一样秀美。夕阳斜照着的楼头上，离群孤雁的悲鸣声里，流落江南的游子。把吴钩宝剑看了，把楼上的栏杆拍遍，也没有人领会我现在登楼的心意。

不要说鲈鱼能烹成美味，西风吹遍了，张季鹰回来了没有？如果像许汜一样只为自己购置田地房产，我就会惭愧去见才气双全的刘备。可惜时光如流水般逝去，我在凄风冷雨忧愁满腹，桓温曾说过树都已经长得这么大了！又有谁去请美人来，帮英雄擦掉失意的眼泪呢？

【点评】

这首词作于宋孝宗乾道三年（1167），时辛弃疾已南归五年。

上片开篇便描绘了一幅江南秋景图。看着满眼的秋色，作者感慨不已。遥想七年前的报国之志，至今尚未现实，不禁悲愤感慨，自己的心境无人领会。下片运用三个典故，将"登临意"曲曲道出。作者既不愿意像西晋张翰弃官南归，也不想效仿三国许汜只知购置产业而被有识之士耻笑。他赞赏东晋桓温的北伐，急切希望能领兵收复中原之地。可朝廷的主和派占据上风，作者不受重用，闲居在家，壮志难酬。如今登高望远，只能感慨"树犹如此，人何以堪"。

本词以写景入手，寓情于景，孤愤直抒，豪气凌云。下片采用反衬手法，层层阐述，通过历史人物，反衬出自己"匈奴未灭，何以家为"的心情。末三句以反诘照应上片结句，开阖顿挫，显示雄浑悲壮之风。

清平乐

村 居①

辛弃疾

茅檐低小，溪上青青草。醉里吴音相媚好②，白发谁家翁媪③？

大儿锄豆④溪东。中儿正织鸡笼。最喜小儿亡赖，溪头卧剥莲蓬。

【注释】

①村居：乡村生活。

②相媚好：指互相逗趣，取乐。

③翁媪（ǎo）：老年夫妇。

④锄豆：锄掉豆田里的草。

【译文】

茅草房屋低小，旁边有条小溪流过，溪边长满了茵茵绿草。这是谁家的一对老夫妻，带着几分醉意，用吴地的方言亲热地聊天？

大儿子在小溪东边的豆地锄草，二儿子在家门口正忙着编织鸡笼。最有趣的是三儿子，他调皮地趴在溪边剥莲蓬吃。

名师指津

霍去病远征匈奴取得了决定性的胜利之后，汉武帝在长安给他修建了华丽的府邸，霍去病知道后说了"匈奴未灭，何以家为"的千古名言。

名师指津

最后一句作者用了侧笔反衬手法，反映农村生活中一个恬静闲适的侧面，给读者留下了极大的想象空间。这与作者的一首《鹧鸪天》的结尾"城中桃李愁风雨，春在溪头荠菜花"有异曲同工之妙。

【点评】

　　这首词用白描的手法，塑造了一个老少皆有的五口农民家庭，描绘了一幅逼真温馨的农家乐画面。上片写老年夫妇饮酒后，带着醉意聊家常，场面温馨亲切。下片描写了夫妇俩的三个各具特色的儿子。小儿子淘气，纯真爱玩。他躺在溪边剥莲子吃，模样煞是可爱。

扬 州 慢

姜 夔

　　淮左名都，竹西佳处①，解鞍少驻初程。过春风十里②，尽荠麦青青。自胡马窥江去后，废池乔木③，犹厌言兵。渐黄昏，清角吹寒，都在空城。

　　杜郎俊赏④，算而今重到须惊。纵豆蔻⑤词工，青楼梦好⑥，难赋深情。二十四桥仍在，波心荡、冷月无声。念桥边红药，年年知为谁生？

名师指津

1161年金主完颜亮南侵，攻破扬州，直抵长江边的瓜洲渡，到淳熙三年姜夔过扬州已十六年。

【作者简介】

　　姜夔（1155—1221），字尧章，别号白石道人。他多才多艺，精通音律，对诗词、散文、书法、音乐等无不精善，是继苏轼之后又一难得的艺术全才。他的词作，格律严谨，风格空灵含蓄。有《白石道人歌曲》等。

【注释】

　　①竹西佳处：扬州城东禅智寺旁有竹西亭。

②春风十里：指昔日扬州的繁华景象。

③乔木：残存的古树。

④俊赏：卓越的鉴赏水平。

⑤豆蔻：形容少女美艳。

⑥青楼梦好：出自杜牧《遣怀》："十年一觉扬州梦，赢得青楼薄幸名。"

【译文】

扬州是淮河东边著名的大都市，在风景秀丽的竹西亭，我解下马鞍稍作休息，这是最初的行程。过去这里是扬州最繁华的地方，现在却长满荠麦和一片青青野草。自从金兵进犯长江回去以后，就连荒废了的池苑和树木，都厌倦了战争。渐渐进入黄昏，凄凉的画角在寒风中吹响，仿佛在一座空城中回荡。

杜牧有卓越的鉴赏水平，料想今天，故地重游一定会感到吃惊。即使写出了"豆蔻"这样精工的词语，"青楼梦好"这样精致的诗名，恐怕也难以陈述出此刻复杂的感情。二十四桥仍然存在，桥下的水波荡漾着凄冷的月色，寂静无声。可叹桥边一年一度的红芍药，不知是为谁生长、绽放？

【点评】

这首词以艳语写哀情。上片纪行，作者"过春风十里"，看到"尽荠麦青青"。以对比的手法，共同烘托了面对国破家亡的悲痛之情。下片写情，以杜牧的诗为历史背景，将昔日繁华的扬州同如今战乱后的破败不堪作比。作者借古今对比，抒发内心的愁思。以杜

名师释疑

流离失所：无处安身，到处流浪。

千树：杭州西湖孤山的梅树成林。

名师指津

以"旧时月色"开头，以往事递入，落笔不凡。回忆旧时，拉开了时间距离；月色在天，撑起了空间境地；眼前的景象勾连着过去的经历，令人摇曳生情。

牧自况，看到扬州的硝烟战场，人民流离失所。即使风流潇洒，也不免伤感。

暗 香

姜 夔

旧时月色，算几番照我，梅边吹笛。唤起玉人，不管清寒与攀摘。何逊①而今渐老，都忘却春风词笔。但怪得②、竹外疏花，香冷入瑶席。

江国，正寂寂。叹寄与路遥，夜雪初积。翠尊③易泣，红萼④无言耿相忆。长记曾携手处，千树压西湖寒碧。又片片、吹尽也，几时见得。

【注释】

①何逊：南朝梁诗人。任扬州法曹时，有《咏早梅诗》。

②但怪得：惊异。

③翠尊：翠绿酒杯，这里指酒。

④红萼（è）：指梅花。

【译文】

昔日皎洁的月色，曾经多少次映照着我，梅树下吹奏声韵谐和的玉笛。唤起了佳人，不顾清凉寒冷，跟我一道攀折梅花。我如今像诗人何逊那样已渐渐衰老，往日春风般绚丽的辞采和文笔，全都已经忘记。但是令我惊异，竹林外稀疏的梅花，却在清冷的天气中将幽香飘散到丰盛的宴席。

江南水乡，正是一片静寂。想折枝梅花寄托相思情意，可叹路途遥远，一夜的积雪又遮断了去路。斟满酒，捧起杯，禁不住洒下伤心的泪滴，面对着梅花默默无语，不能忘怀往日折梅的情景。常常记得曾经与美人携手游赏的地方，绽放的梅花压满了千株梅林，西湖上寒波澄碧泛着一片白光。此刻梅林的梅花被风吹得片片凋落，我何时才能重见梅花幽丽的身影？

【点评】

"旧时月色"给全词的感情基调蒙上了一层淡淡的哀愁。"竹外疏花"描写了作者在石湖范村做客赏梅时的实景，化用了苏轼的"竹外一枝斜更好"一句。梅花飘忽而高尚，作者虔诚地将其摆到放到超凡脱俗的神圣位置，内蕴品位高，是这首咏梅词之所以动人的重要原因。下片宕开，把梅花化成作者所苦恋的女子。在江国寂寂、夜雪初积、寄与路遥的冷寂中，"红萼无言耿相忆"，道出了词人心中无限惆怅。忆千树梅花盛开之时，与"红萼"携手是何等的快乐！忽而片片却又被狂风吹尽，没了踪影。结句的"吹尽""几时"体现了作者的不舍与无奈之情。意境悠远，暗含凄婉。

疏 影

姜 夔

苔枝缀玉①，有翠禽小小，枝上同宿。客里相逢，篱角黄昏②，无言自倚修竹。昭君不惯胡沙远，但暗忆江南江北。想佩环、月

【名师指津】上片开头三句，写梅花的风姿，以翠鸟陪衬，对比鲜明。

夜归来，化作此花幽独。

犹记深宫旧事③，那人正睡里，飞近蛾绿④。莫似春风，不管盈盈，早与安排金屋。还教一片随波去，又却怨玉龙哀曲。等恁时、重觅幽香⑤，已入小窗横幅。

名师释疑

玉龙哀曲：指笛曲《梅花落》。李白《与史郎中钦听黄鹤楼上吹笛》："黄鹤楼中吹玉笛，江城五月落梅花。"

【注释】

①苔枝缀玉：苔梅的枝梢缀着梅花，如玉般晶莹。苔枝，指长着苔藓的梅枝。

②篱角黄昏：指环境寂寞、凄清。

③深宫旧事：南朝宋武帝女寿阳公主，曾以梅花饰面，后来女子纷纷仿之为"梅花妆"。

④蛾绿：美女的黛眉。

⑤幽香：代梅花。

【译文】

苔梅的枝梢缀着梅花，如玉晶莹，两只小小的翠鸟儿，双宿在梅丛中。客居他乡，在夕阳斜映篱笆的黄昏时相遇，她像一位佳人默默无言，孤独地依偎着修长的翠竹。就像王昭君不习惯远嫁北方匈奴的荒漠，暗地里怀念着江南江北的故土。我想那是王昭君趁着月夜归来，化作了梅花的一缕缥缈、孤独的幽魂。

我还记得寿阳宫中的旧事，寿阳公主正在春梦里，飞下的一朵梅花正好落在她的眉间，风情万种。不要像无情的春风，不管梅花如何美丽清香，依旧将她风吹雨打去。应该像汉武帝早早给阿娇安排金屋一样,让梅花有一个好的归宿。如果让梅花随波流去,哪怕只有一片,那么《梅花落》笛子曲吹奏出来的哀怨,恐怕又要增添几分了。等到那时,假如想要寻找梅花的踪迹,就只有到画着梅花图画的小窗横幅之上,细细欣赏它的幽艳丰姿了。

【点评】

这首词接连用了五个典故,用五位女性人物来比喻映衬梅花,将梅花人格化。第一个典故"翠禽小小",暗含追恋一段往事;第二个典故化用杜诗,显示梅花孤傲高洁的品格;第三个典故是将梅花与昭君相连,写其红颜薄命;第四个典故,借用寿阳公主的遭际比喻梅花当年盛开时的娇艳美丽,略作顿笔,情感再度跌宕;第五个典故"金屋",隐含了作者对现实的斥责与不满。生命已逝,只能对画凭吊,挥之不去的是惋惜留恋的伤感。

高阳台

丰乐楼分韵①得"如"字

吴文英

修竹凝妆②,垂杨驻马,凭阑浅画成图。山色谁题?楼前有雁斜书。东风紧送斜阳下,弄旧寒、晚酒醒馀③。自消凝④,能几花前,顿老相如。

伤春不在高楼上,在灯前欹枕,雨外熏炉。怕舣⑤游船,临流可奈清臞⑥?飞红若到西湖底,搅翠澜、总是愁鱼。莫重来,吹尽香绵⑦,泪满平芜。

名师指津

词人抚今思昔,楼犹是旧楼,景犹是故景,春花依然如前,而看花之人已老。其怅惘之情,近似苏轼《东栏梨花》诗所写的"惆怅东栏一株雪,人生看得几清明"。这里,巧用"顿"老,以见岁月流逝之疾和人事变化之速。

【作者简介】

吴文英（1200—1260），字君特，号梦窗，晚年又号觉翁，四明（今浙江宁坡）人。一生未第，游历一生，所到之处，都题词咏物。晚年客居越州，先后为浙东安抚使吴潜及嗣荣王赵与芮门下客。有《梦窗词甲乙丙丁稿》四卷。

【注释】

①分韵：一种和词方式，数人共赋一题，选定某些字为韵，用抓阄或指定的办法分每人韵字，然后依韵而作。

②凝妆：盛妆。

③醒馀：指醒酒后。

④消凝：销魂凝魄，形容极度悲伤。

⑤舣（yǐ）：船只停靠岸边。

⑥清臞（qú）：清瘦。

⑦香绵：指柳絮。

【译文】

酒楼边修长的青葱翠竹，宛如盛装的少女亭亭玉立。酒楼下垂杨树下把马匹停下来。登上高楼凭栏远望，平静的湖水仿佛一幅美丽的淡彩画图。优美的山色也不知出自哪家的手笔，楼前斜行飞过的大雁，就好像是画面上题写的诗句。东风劲吹，仿佛在紧急催送夕阳西下，旧地重游，阵阵晚风渗透着凉意，将我们的酒意吹醒消除。我独自一个人在哀伤感叹，在花前观赏流连还能有多少机会呢，衰老竟然是这样的迅速。

登临高楼上极目远眺,并不是令我最伤感的时候,而是在灯前斜倚枕头,旁边放着熏香铜炉,独自聆听着窗外的潇潇雨声。我害怕游船停泊在堤岸边,怕在湖面的清波中看见自己清瘦的面目。飘飞的落花若是沉到西湖的湖底,就连水中的鱼儿也会感到忧伤愁苦,搅动绿波,泛起涟漪。千万不要故地重游,无情的春风会把飘香的柳绵吹尽,点点柳絮就会像伤心的眼泪一样落满草木丛生的平旷原野。

【点评】

作者生活在国力衰微的南宋末年,词多为感时哀世之作。

这首词作于酒楼会饮、即席分韵的场合。作者触景生情,悲难自抑,以哽咽的语气表达了深切的悲痛之情。词情感触颇多,百转千回。词笔跳动变换,忽彼忽此,时空穿梭。尤其是下片,步步换景,句句转意,愈来愈深。

整首词浑然一体,层次分明。风格深曲丽密,密中见疏,实中见虚,重而不滞,在浓密厚重中仍有空灵回荡之美。

贺 新 郎

陪履斋先生①沧浪②看梅

吴文英

乔木生云气,访中兴英雄③陈迹,暗追前事。战舰东风悭借便④,梦断神州故里。旋小筑⑤、吴宫闲地。华表月明归夜鹤,叹当时、花竹今如此。枝上露,溅清泪。

名师指津

宋代知州出游,被称为"遨头",点明此来是陪吴潜寻幽探春。问梅开否,催花唱曲,不仅是点题应有之笔,而且这里是语意双关,用催花开放,隐喻对当政者寄予发奋图强的殷切希望。

名师释疑

东君:春神为东君,此指履斋。

名师指津

借用周瑜曾乘东风之便,大破曹操军于赤壁的典故。这里作反用,意思是天不助人。

遨头⑥小簇行春队,步苍苔、寻幽别坞,问梅开未?重唱梅边新度曲,催发寒梢冻蕊。此心与、东君同意。后不如今今非昔,两无言、相对沧浪水。怀此恨,寄残醉。

【注释】

①履斋先生:吴潜,号履斋。

②沧浪:即沧浪亭,苏州名胜,曾为韩世忠别墅。

③中兴英雄:指韩兴忠。

④战舰东风悭借便:指韩世忠黄天荡之捷,兀术掘新河逃走。

⑤小筑:指规模小而比较雅致的住宅,多筑于幽静之处。

⑥遨头:宋代知州出游。

【译文】

沧浪亭旁林木参天,郁郁葱葱,天空中云气吞吐,云层翻卷,来到这里共同瞻仰中兴英雄韩世忠的丰功伟绩,追思前朝的旧事。当年的东风是多么的吝惜,使韩将军不能像周瑜一样乘东风之便,大破金军。致使将军收复神州故里的大志,恍然如梦境般虚空。归来后,在吴宫旧址筑起一座休闲的住宅。明月之夜他若化成仙鹤落在这座华表上,一定会叹息从前繁茂的花草竹木,如今却如此萧条冷寂。梅树枝头上的清露,仿佛是流下的清冷泪滴。

太守领着游春的队伍沿着长满青苔的小路,寻找将军别墅遗迹,看那里的梅花开了没有。我们在梅树边重唱新度的词曲,想用歌声把沉睡的寒梅冷蕊唤起,再把美丽的春光带回大地。我此时的心情,和履斋先生无异。如今的情景不如往昔,以后的岁月恐怕比不上今天。我们俩对着沧浪亭下的流水，默默无语，满怀悲恨和忧郁，只能把酒杯频频举起。

【点评】

这首词借沧浪亭赏梅，感及时事，怀念抗金名将韩世忠。其主题以爱国主义为基调，在梦窗词中很罕见。上片描写韩世忠的沧浪亭别墅，下片从赏梅写起。全词自然清新，巧用典故，显示了作者的高超技艺。

◁名师释疑◁

韩世忠：两宋之际的名将。与岳飞、张俊、刘光世合称"中兴四将"。身材魁伟，勇猛过人。

柳梢青

春 感

刘辰翁

铁马①蒙毡，银花②洒泪，春入愁城③。笛里番腔，街头戏鼓，不是歌声。

那堪独坐青灯，想故国、高台月明。辇下风光④，山中岁月，海上心情。

名师指津

起首句"铁马蒙毡"，不仅点明整个临安已经处于元军铁蹄的蹂躏之下，而且渲染出一种凄惨阴森，与元宵灯节的喜庆气氛大相径庭。开篇就揭示出了全篇的时代特征。

【作者简介】

刘辰翁（1232—1297），字会孟，号须溪，庐陵（今江西吉安）人。从欧阳守道学，景定三年（1262）进士及第，廷试忤贾似道，得耿直名。有《须溪词》一卷，存词三百五十余首。

【注释】

①铁马：指元军铁骑。

②银花：指元宵花灯。

③愁城：借指临安。

④辇下风光：指故都临安的美丽风光。

【译文】

披甲的战马盖上毛毯，元宵的花灯也在掉泪，春天来了，愁满都城临安。玉笛里吹出番人的声腔，街头上正在唱戏击鼓，这都不是我要听的歌声。

哪里受得住独自伴着这微弱的孤灯！想起故国的楼台宫殿依然映照在明月的素辉中。故都临安一派萧瑟的风光，庐陵山中虚度岁月，时刻向往海南一带的心情。

> ◆名师释疑◆
> 庐陵：旧区划名，今指吉安。

【点评】

这首词是元宵节观灯有感之作，时作者晚年隐居山中。笔调苍凉，抒发亡国之痛和故国之思。

上片是想象，描写今年元宵节临安城的观灯情景。"铁马""银花""笛里番腔""街头戏鼓"并不是真的情景。作者借这种虚景，抒发了内心的真实感情。下片尽虚涵概括之意，"想故国、高台月明"，化用南唐后主李煜《虞美人》词"故国不堪回首月明中"的情境，表达了作者对故都临安和南宋故国的深沉怀念和无限眷恋之情。末三句用虚笔带过，细致地描写三地的景象，余味不尽。

全词写法上以想象落笔，虚处见意。节奏明快，加强了作者的苍凉悲郁之情。

摸鱼儿

雁丘①词

元好问

问世间，情是何物，直教②生死相许？天南地北双飞客，老翅③几回寒暑。欢乐趣，离别苦，就中更有痴儿女。君④应有语：渺万里层云，千山暮雪，只影向谁去？

横汾⑤路，寂寞当年箫鼓，荒烟依旧平楚⑥。招魂楚些何嗟及⑦，山鬼暗啼风雨。天也妒⑧，未信与，莺儿燕子俱黄土。千秋万古，为留待骚人，狂歌痛饮，来访雁丘处。

【作者简介】

元好问（1190—1257），字裕之，号遗山，太原秀容（今山西忻州）人。工诗文，诗词风格沉郁，多伤时感事之作。有《中州集》十卷，《遗山乐府》五卷，《续夷坚志》四卷。词存三百八十余首。

【注释】

①雁丘：地名，在曲阳县西汾水旁。

②直教：竟使。

③老翅：鸟类及昆虫的翼，通常用来飞行。

④君：指殉情的雁。

⑤横汾：葬雁的地方。

⑥平楚：远望树梢齐平。楚，指丛林树木。

名师指津

一个"问"字破空而来，为殉情者发问，实际也是对殉情者的赞美。"直教生死相许"则是对"情是何物"的震撼人心的回答。古人认为，情至极处，"生者不以死，死者不以生"。

⑦招魂楚些（suò）何嗟及：我欲为死雁招魂又有何用。招魂楚些，《楚辞·招魂》句尾皆有"些"字。

⑧天也妒：声名远播，使天地忌妒。

【译文】

想问问世间君子，爱情究竟是什么，竟然值得这两只飞雁生死相随？冬天南下越冬而春天北归，春来秋去，双宿双飞的大雁。飞来飞去度过多少次冬寒夏暑。比翼双飞虽然快乐，但离别才真的是痛苦难受，这雁群中更有痴迷于爱情的。殉情的雁儿心里应该明白，此去万里，渺渺前程，形孤影单，每年寒暑，飞越千山，晨风暮雪，失去至爱，形单影只，即使苟活下去又有什么意义呢？

汾河岸边，当年箫鼓喧天，而今却是一片冷落寂寥，我欲为死雁招魂又有何用？雁魂也在风雨中啼哭，它声名远播，使天地忌妒。我不信殉情的雁子与普通莺燕一样都寂灭无闻，都变为黄土。纵然千秋万古，也会有文人墨客，来寻访雁丘故地，狂放高歌纵情美酒。

【点评】

这是一首咏物词。作者受大雁殉情所感而作，寄托对殉情者的哀思。

上片起首，"问"横空而出，替殉情者发问，表达对殉情者的赞美之情。"直教生死相许"回答"情是何物"，答案令人震撼。"天南地北双飞客，老翅几回寒暑"，描写了大雁的生活状态。

名师指津

这是从正面对大雁的称赞。词人展开想象，千秋万古后，也会有像他和他的朋友们一样"钟于情"的骚人墨客，来寻访这小小的雁丘，来祭奠这一对爱侣的亡灵。

末四句是作者在揣测大雁的心情,对殉情雁的内心进行了细致入微的刻画,令人读之热血沸腾。下片借景抒情。借大自然的景物,抒发大雁殉情后的凄苦之情。前三句点明了大雁殉葬的地点。"天也妒"是对殉情雁的赞美。

这首词紧紧围绕"情"字,以雁拟人,谱写了一首凄婉动人的悲歌,表达了作者对至情至爱的讴歌。

贺新郎

送胡邦衡待制赴新州

张元幹

梦绕神州路。怅秋风连营画角,故宫离黍①。底事昆仑倾砥柱②,九地黄流乱注?聚万落千村狐兔③。天意从来高难问,况人情老易悲难诉。更南浦,送君去。

凉生岸柳催残暑。耿斜河④疏星淡月,断云微度。万里江山知何处?回首对床夜语。雁不到书成谁与?目尽青天怀今古,肯儿曹恩怨相尔汝⑤!举大白⑥,听《金缕》。

【作者简介】

张元幹(1091—1170),字仲宗,号芦川居士,又号真隐山人,福建永福县人。北宋末年太学生,做过小吏。金兵南侵时,为李纲幕僚,支持抗金。绍兴元年(1131),秦桧为相,张元幹致仕闲居。因作词送李纲被迫害,下狱削籍。秦桧死后,出山到临安官舍。后客死异乡。他的词作约一百八十多首,《贺新郎》最为有名。

▶名师释疑◀

讴歌:歌颂,用歌唱、言辞等赞美。

名师指津

此二句,写值此金秋在萧萧的风声之中,一方面号角之声连绵不断,似乎武备军容,十分雄武,而一方面想起故都汴州,已是禾黍稀疏,一片荒凉。

风格豪放悲壮，又不失清新婉丽。著有《芦川归来集》和《芦川词》。

【注释】

①离黍：用《诗经》中《黍离》篇意，悲汴京故宫荒废。

②砥柱：山名，位于河南三门峡以东黄河急流中，形状如柱。

③狐兔：代指金兵。

④耿斜河：银河明亮。耿，明亮。斜河，斜转的银河，表夜深。

⑤相尔汝：两人说话时，你指着我，我指着你，表示亲密。

⑥大白：大口的酒杯。

【译文】

连做梦都是在去汴京的路上绕着。萧萧的秋风中，我满怀惆怅，连绵的军营中号角之声此起彼伏，故都汴州却是禾黍稀疏，一片荒凉。因为昆仑山的天柱崩塌，中流砥柱倾倒，以致九州大地之内黄河浊水泛滥。千村万落变成狐兔盘踞横行的乐土！天因为高高在上，所以它的心意很难问明白。人之常情是越到老年越容易产生悲愁，也无法诉说清楚。更何况是在南浦送你归去呢？

凉风吹动岸边的柳树，产生一丝凉气，好像催促着残存的暑气早日消退，银河明亮，星星稀疏，月色清淡，小片云彩轻轻地飘过去。从此相隔万里，再也不知你在什么地方，回首以前，在夜里面对面躺在床上谈心。而今后，传信的大雁飞不到边远的新州，书信写成后，让谁给寄去呢？仰起头来久久凝视青天，追思古往今来的英雄人物，我俩决不能像小孩子似的为了私情而不愿分别。来吧，让我们高举起酒杯，听我来唱一曲豪壮的《金缕曲》。

◆名师释疑◆

《黍离》：选自《诗经·王风》，采于民间，是周代社会生活中的汉族民间歌谣，基本产生于西周初叶至春秋中叶，距今三千年左右。

中流砥柱：黄河急流中的砥柱山。比喻能在艰难环境中起支柱作用的个人或集体。中流，河流中央。

名师指津

《金缕曲》，词牌名，即"贺新郎"，因叶梦得贺新郎词有"谁为我唱金缕"句，而名金缕曲。

【点评】

这首词作于绍兴十二年（1142），时作者寓居三山（今福建福州）。在绍兴八年十一月，胡铨因弹劾王伦、秦桧、孙近三人获罪。十二年，被羁押到新州（今广东新兴县）管制。作者在激愤中写了此词，为胡铨送行。

在词中，作者表达了对胡铨为正义而战的同情和支持，强烈谴责了金兵的入侵及祸国殃民的主和派。在离愁别恨中，寄托了爱国之情。在南宋初期的爱国词中，风格独特，既豪放又苍凉悲壮。

上片一气呵成，引出"更南浦，送君去"。下片想象别后情景。"目尽青天"承接上片，悲痛之情古今罕见。笔调苍劲有力，字字深沉，不落俗套。

满 江 红

王清惠

太液①芙蓉，浑不似、旧时颜色。曾记得、春风雨露②，玉楼金阙③。名播兰馨④妃后里，晕潮莲脸君王侧。忽一声、鼙鼓⑤揭天来，繁华歇。

龙虎散⑥，风云灭⑦。千古恨，凭谁说。对山河百二⑧，泪盈襟血。驿馆夜惊尘土梦，宫车晓辗关山月。问姮娥、于我肯从容，同圆缺。

【作者简介】

王清惠，南宋度宗昭仪，临安沦陷后被俘往元都。后自请为女道士，号冲华。

名师指津

皇宫太液池中的荷花，原来娇艳无比，但今是昨非，已失去往日颜色。这里以花喻人，指自己已失却往日容颜。太液池，指皇宫的池苑，汉唐两代皇家宫苑内都有太液池。

【注释】

①太液：池名。

②春风雨露：用鲜花承受春风雨露，比喻人得浩浩皇恩。

③玉楼金阙：指南宋皇宫的富丽堂皇。

④兰馨：兰花的香气。比喻春天芬芳的气息。

⑤鼙（pí）鼓：军中所击的鼓，借以指军事行动。

⑥龙虎散：指南宋王朝覆亡，君臣溃散。出自《易经》"云从龙，风从虎"。

⑦风云灭：比喻政治上的威势消失。

⑧山河百二：险固的山河要塞。喻指南宋江山。

【译文】

太液池中的荷花，早已失去往日娇艳无比的颜色。曾经记起，往日雨露承恩的荣华欢乐和玉楼金阙内享不尽的荣华富贵。美好的名声像春天的气息在皇宫后妃里传播，伴随君王旁边，像荷花一样娇美的脸庞上泛起羞红的光彩。忽然一声鼙鼓惊天动地而来，南宋王朝的繁华烟消云散了。

朝廷覆亡，君臣流散，大势已去。这千古遗恨，凭谁诉说。面对着坚固的山河要塞沦落敌手，我悲痛万分，不能自已。在旅馆里夜间做梦，常常是从尘土飞扬的战乱场景中惊醒。宫妃们乘坐囚车披星戴月早早出发，驶过雄关要塞，大河天堑，受尽征途之苦。问月宫里的嫦娥，您容许我追随你，去过同圆缺、共患难的生活吗？

❥ 名师释疑

天堑（qiàn）：指天然形成的隔断交通的大壕沟。多指长江。

【点评】

　　这首词上片回忆过去。起首两句描写王朝经过剧变后，宫廷破败不堪，嫔妃憔悴消瘦，都已今夕不同往日。当年，在富丽堂皇的宫殿内，她美貌绝佳，集万千恩宠于一身，沉醉其中。权贵贾似道一手遮天，粉饰太平，瞒报边关危机和国力衰微的事实，纵使君臣荒淫享乐。忽然，元兵破城而入，他们才如梦方醒，为时已晚。下片抒发今日的悲痛伤感之情。前四句承接上片，点明宋王朝已经灭亡的现实。

一剪梅

舟过吴江

蒋 捷

　　一片春愁待酒浇。江上舟摇，楼上帘招①。秋娘渡与泰娘桥②。风又飘飘，雨又萧萧。

　　何日归家洗客袍③。银字笙调，心字香烧④。流光容易把人抛，红了樱桃，绿了芭蕉。

【作者简介】

　　蒋捷，字胜欲，号竹山，阳羡（今江苏宜兴）人。先世为宜兴豪族。咸淳十年（1274）进士第，宋亡后不仕。清刘熙载评其词"未极流动自然，然洗练缜密，语多创获"，在宋末词坛上别树一帜。有《竹山词》，存词九十余首。

名师指津

表达了作者感叹时光流逝之情，"红了樱桃，绿了芭蕉"化抽象的时光为具体可感的景物，以两种植物的颜色变化来具体表现时光流逝之快。

【注释】

①帘招：酒楼上的酒招子。

②秋娘渡与泰娘桥：此为吴江两津渡名。

③客袍：远游在外时穿的衣服。

④银字笙调，心字香烧：调弄镶有银字的笙，点燃熏炉里有心字形的香。

【译文】

满怀的春愁驱不散，我想借酒浇愁。客船在江上摇荡，岸边酒楼上的酒招子迎风招展。小船经过著名的秋娘渡与泰娘桥两个渡口，风仍然飘飘吹，雨仍然萧萧下。

何日才能回到家中洗涤沾满污尘的客袍呢？调弄那镶有银字的笙管，点燃熏炉里那心字形的盘香。流逝的时光最容易把人抛弃掉，樱桃才红透，芭蕉又绿了。

【点评】

这首词抒发了作者客舟漂泊的慵懒思乡之情。上片起首点明词的主旨和时间。"一片"表示连绵不绝的苦闷之情，"待酒浇"凸显了愁绪的浓厚。接着，采用白描的手法，描写了"舟过吴江"的情景。当船驶过秋娘渡和泰娘桥后，内心的思归之情更加迫切。下片首三句幻想回家后的温馨生活，更加盼望早日团聚。又以樱桃和芭蕉颜色的变化，表现了时光的飞逝。

在词中，逐句押韵，节奏明快有力，朗朗上口，余味不尽。

名师指津

开篇点题，指出时序，点出"春愁"的主旨。

虞美人

听 雨

蒋 捷

少年听雨歌楼上，红烛昏罗帐。壮年听雨客舟中，江阔云低断雁叫西风。

而今听雨僧庐下，鬓①已星星②也。悲欢离合总无情，一任阶前点滴到天明。

【注释】

①鬓：脸旁靠近耳朵的头发。

②星星：白发点点如星，形容白发很多。

【译文】

少年时在歌楼上听雨，红烛光暗罗帐轻盈。中年听雨在异乡的小船中，江面宽阔云低垂，失群的孤雁在秋风中哀鸣。

如今在僧庐下听雨，两鬓发斑白如秋霜。人生经历的悲欢离合全是无情的，任凭台阶前的小雨点点滴滴到天亮。

【点评】

作者将自己一生的坎坷经历，以三幅富有代表性的画面，从生活、环境、心态等巨变表现出来。他按照成长的时间顺序，从歌楼少年，写到客舟中年，再到白发老年，以"听雨"为线索，纵贯全词。

上片感慨已逝的岁月。起首两句虽只描写了某一个片段，却容量丰富。从红烛罗帐联想到青春年少的欢愉，抒发少年不知愁

名师指津

此"听雨"这一独特视角，表现了少年、壮年、晚年三个人生阶段的不同境遇、不同况味的不同感受。作者通过时空的跳跃，依次推出了三幅"听雨"的画面，而将一生的悲欢歌哭渗透融汇其中。

的情怀。在作者心目中，这一时刻既短暂又永恒。接着两句描写了客舟中听雨的中年形象。尾句一只离群的孤雁，正是作者自己的真实写照。

下片叹息如今的境况。首两句绘制了一幅当时的自画像。一个白发苍苍的老人，独自站在僧庐下听夜雨。"今听雨僧庐下，鬓已星星"，短短十个字，萧条的环境、内心的凄凉，被表现得淋漓尽致。末两句表达了作者此时的无奈之情。

名师赏析

由于南宋时期局势动荡，社会动乱，诗人的心灵为之震荡，面对沦陷的大好河山，他们纷纷提笔作词，抒发自己的豪情壮志。南宋词匠心巧运，意内言外，传达词人的曲折心意，就多用比兴寄托手法。最能体现南宋词人比兴寄托之义的当推咏物之作，词人结社之际也喜欢出题咏物。

学习借鉴

好词

　　绿肥红瘦　怒发冲冠　金戈铁马　封狼居胥　中流砥柱

好句

* 莫道不销魂，帘卷西风，人比黄花瘦。

* 莫等闲，白了少年头，空悲切。

* 千古江山，英雄无觅，孙仲谋处。

* 众里寻他千百度，蓦然回首，那人却在，灯火阑珊处。

* 明月别枝惊鹊，清风半夜鸣蝉。

思考与练习

1. 南宋爱国词人有哪几位？他们的词有什么特点？
2. 你知道岳飞的哪些事迹？和同学们交流一下吧。